DU MÊME AUTEUR

Aux Éditions Gallimard

BOYS, BOYS, BOYS, 2005 (« Folio » n°4571).

DU BRUIT, 2007 (« Folio » n°4837).

14 FEMMES. POUR UN FÉMINISME PRAGMATIQUE (ouvrage collectif de Gaëlle Bantegnie, Yamina Behnamed Daho, Joy Sorman, Stéphanie Vincent), 2007.

GROS ŒUVRE, 2009.

PARIS GARE DU NORD, L'arbalète Gallimard, 2011.

Chez d'autres éditeurs

FEMMES ET SPORT. REGARDS SUR LES ATHLÈTES, LES SUPPORTRICES ET LES AUTRES (ouvrage collectif, codirigé avec Maylis de Kerangal), Hélium, 2009.

PARCE QUE ÇA NOUS PLAÎT. L'INVENTION DE LA JEUNESSE (avec François Bégaudeau), Larousse, 2010.

L'INHABITABLE (avec Éric Lapierre), Éditions Alternatives, 2011.

COMME UNE BÊTE

JOY SORMAN

COMME UNE BÊTE

roman

nrf

GALLIMARD

Le moyen le plus simple d'identifier autrui à soi-même, c'est encore de le manger.

CLAUDE LÉVI-STRAUSS,
La Repubblica, 10 octobre 1993.

I

Dès la première image il est dans le plan, ceint de blanc et de dignité, couteau à la main. On n'aperçoit d'abord que son torse barré d'un tablier, ses mains gantées de métal. Puis la caméra s'éloigne, le jeune homme apparaît d'un bloc, tous les morceaux sont là, des pieds à la tête : un boucher.

L'image s'emballe, défile maintenant à grande vitesse sur une musique électro aux basses étouffées : le boucher débite des porcs en accéléré, déjointe les vertèbres os par os, extrait des côtes de bœuf, coupe un rumsteak, racle la graisse sur les muscles, torture la chair avec un batteur puis un attendrisseur, dénerve foies et rognons, saisit une belle tête de veau par les narines, la décalotte, déroule la ficelle à ligoter, jette la viande dans un feuillet d'emballage, la pèse et tend le paquet au client.

On n'est pas certain d'avoir bien vu. Mille gestes décomposés en 152 secondes. Des mains immenses qui s'affairent dans l'optique de la caméra, palpent des matières écarlates et luisantes sous la lumière des projecteurs. Générique de fin, image arrêtée sur le sourire juvénile du boucher : le regard brille, éclatant, le regard est mouillé, on dirait que le boucher va pleurer.

Pim est le héros d'un clip promotionnel sur les métiers de la viande, un petit film amateur qui sera projeté dans le réfectoire juste avant le pot de bienvenue.

Deux ans plus tôt le jeune Pim fait sa rentrée au centre de formation des apprentis de Ploufragan. C'est septembre, un vent froid s'est levé au-dessus des arbres de la petite cour, les premières feuilles d'automne volent en rase-mottes. Les aspirants bouchers rassemblés sous l'auvent ont tourné leurs visages grêlés vers l'estrade : le directeur trône, sa voix porte, tonne en un roulement de tambour solennel, *messieurs, mademoiselle, bienvenue !* — il adresse un sourire à la fois complice et désolé à l'unique jeune fille de cette assemblée. Monsieur le directeur est à trois ans de la retraite et à l'ancienne (comme les tripes à l'ancienne qu'on préférera aux tripes à la mode de Caen qui mijotent cinq heures en cocotte avant de recevoir dans leur dernière heure de cuisson une rasade de pastis), épaules en avant, ventre à la proue, mains croisées dans le dos, souliers à boucles et costume anthracite :

Messieurs, mademoiselle, première chose, qui va vous sembler un détail mais non. Sachez que le boucher porte le cheveu court. Question d'hygiène, question de présentation. J'en vois un certain nombre qui devront passer chez le coiffeur. Les cheveux courts c'est plus propre, c'est plus simple, c'est plus courtois aussi. Mademoiselle, vous, vous pourrez vous contenter de les attacher.

Depuis quelque temps déjà les rêves de Pim sont contaminés par des vignettes technicolor d'apprentis bouchers aux cheveux courts. Images qui défilent en diaporama ou en album Panini, images vives et pérennes surgies de son sommeil paradoxal : ils se tiennent là, menton à la pilosité approximative, dans les rêves si transparents du jeune homme. Portraits d'apprentis à la brosse tondue haut sur la nuque, aux mains rougies, aux ongles taillés en angle droit, ourlés de petites peaux rongées, aux chaussettes bien tirées. Ils fument en cachette et l'odeur du tabac froid sur leurs doigts se mêle à celle, acide et métallique, du sang, aucune des deux ne parvenant à masquer l'autre. Dans les rêves de Pim les odeurs sont tenaces, ne s'estompent que quelques minutes après le réveil, une fois ses doigts trempés dans un bol de café.

Pim n'a pas toujours rêvé d'être boucher, ce n'est pas une vocation, ce n'est pas reprendre l'entreprise paternelle (ses parents sont employés de mairie et leurs relations ont la cordialité froide des familles qui n'ont jamais connu la passion du déchirement et de la réconciliation), c'est fuir l'école qui l'indiffère d'abord, puis l'ennuie, et aujourd'hui le calcifie, c'est trouver un boulot, gagner de l'argent, s'y mettre le plus vite possible, avoir un métier et qu'on n'en parle plus. Pim n'a jamais simulé le moindre intérêt pour une vie d'intellectuel, une carrière d'étudiant, au motif qu'une scolarité longue lui assurerait de gagner décemment sa vie, d'obtenir des responsabilités, d'accéder à une certaine forme de mérite social. Les études ne garantissent plus rien, et certainement pas un emploi lucratif et stable.

De plus Pim est un manuel, c'est-à-dire qu'il est doté de longues mains pâles — de pianiste, pas de boucher, lui dit souvent son père —, aux doigts effilés, osseux et agiles. Pim n'a jamais rien cassé, même enfant ; ses mouvements sont rapides et précis et, malgré leur finesse singulière, ses doigts plein d'ardeur. Il défait les nœuds les plus serrés, démêle les fils les plus fins, recolle sans trembler de minuscules éclats de porcelaine sur un vase ébréché, décapsule les bières à la main, fait danser les pièces de monnaie et les élastiques entre ses doigts, force les serrures grippées des cadenas.

Le reste de son corps est à l'avenant : étiré, noueux, mais vif.

À l'âge où on aime la bière, le skate ou le rock, Pim aime ses mains, il en tire une certaine gloire, il les trouve efficaces et élégantes. Pour caresser les filles aussi.

Pim regarde ses mains et il pleure.

Pim souvent pleure, sans raison et même sans envie, les larmes déboulent sans crier gare, inadaptées à la situation, inattendues et injustifiées. Ses parents ont cessé de s'en inquiéter ou même de s'en émouvoir, c'est depuis tout petit, et à l'école on s'est beaucoup moqué. Au début on a cru que c'était la maladie des larmes, un syndrome de sécheresse oculaire, comme des grains de sable dans l'œil, des coups d'aiguille ou des brûlures, mais non, les larmes viennent toujours quand on ne les attend pas, au mauvais moment, comme on pourrait saigner du nez sans motif apparent. Pim pleure à la vue de ses mains ou d'un chien qui traverse la rue, d'un poulet dans le four, de cheveux crépus, et qui peut dire si c'est l'émotion. Il pleure également quand il est bouleversé, malheureux ou fâché et ce sont les mêmes larmes, le même sel, elles défigurent le même visage anguleux et allongé, creusé sous ses yeux de chat couleur bronze.

Pim observe ses mains posées à plat sur le bureau, son cœur ne se serre pas, sa gorge ne se noue pas, ses jambes le portent toujours et pourtant il pleure. Absence de sentiment, aucune trace de tremblement, mais de l'eau qui coule d'un robinet mal fermé, une fuite sur le réseau, une fontaine mécanique.

Il ne le sait pas encore mais ces mains lui assureront un avenir radieux.

Pim n'entend rien aux mécanismes économiques, aux lois du marché et aux mouvements financiers mais il n'écoute pas ceux qui professent la mort de l'artisanat, jugeant ces métiers obsolètes, voués à la disparition, résidus indignes d'un stade révolu de l'économie. Il laisse volontiers à d'autres les professions fantomatiques de la modernité — marketing ou communication —, et choisira un boulot salissant et concret.

Pim s'est tenu tranquille jusqu'à la fin de la troisième, élève médiocre mais poli, discret et sans histoires. À la fin du deuxième trimestre la conseillère d'orientation lui remet une plaquette sur l'apprentissage — *Pim tu sais c'est pas une voie de garage, c'est la garantie d'avoir un bon métier* —, mais Pim n'a pas d'états d'âme et la plaquette promet une formation en alternance, un CAP en deux ans après la troisième, plus de 4000 postes à pourvoir chaque année dans toutes les boucheries de France, un salaire d'apprenti qui varie entre 25 et 78 % du Smic et un secteur qui ne connaît pas la crise.

Et pourquoi pas la boulangerie, la maçonnerie ou la menuiserie? Parce que la boucherie est lucrative, que le boucher ne travaille pas dehors sous le vent et la pluie, et que la viande le motive davantage que le bois c'est comme ça.

Ce matin, dans la cour du centre de formation des apprentis des Côtes-d'Armor, ils ne payent pas de mine : une trentaine d'adolescents à la peau rougie par le vent liquide de la mer, affolée par les hormones, duvets naissants au-dessus de la lèvre supérieure, mèches collées sur le front, joues rondes, épaules voûtées, mains dans les poches, fluets dans leurs blousons, engoncés dans leurs sweats à capuches, ils écrasent un mégot imaginaire du bout de leur basket en écoutant le directeur et son discours pompeux, débit monotone. Pim, seize ans, les dépasse tous d'une tête, son crâne allongé et ras, son regard fendu.

Il y en a deux qu'on remarque immédiatement dans cette petite foule : Pim et la fille en jupe droite et bottes cavalières. Elle se tient bien campée jambes légèrement écartées, aspirante bouchère qui ne se contentera pas de tenir la caisse et de gratifier les clients de conseils cuisson et d'appréciations météorologiques, mais qui entend porter le tablier en cotte de mailles et manier la gouge à jambon. Le directeur s'adresse maintenant à elle autant qu'à eux :

Aujourd'hui la boucherie peut être exercée aussi bien par les femmes que par les hommes, il est loin le temps des carcasses portées sur le dos. En revanche, de plus en plus, le métier requiert une parfaite connaissance de la morphologie des animaux et de la réglementation en matière d'hygiène alimentaire.

Ils écoutent sans impatience mais tout ça ils le savent déjà, ils l'ont lu dans la plaquette : « La boucherie est une voie privilégiée qui comporte une multitude d'activités et recoupe une grande diversité de tâches et de compétences. »

Vous pourrez travailler en boucherie artisanale, en boutique ou sur les marchés, mais aussi intégrer un atelier de découpe et de transformation pour la restauration ou encore être embauché par la grande distribution.

Ils le savent, ils l'ont lu.

Quelles sont les qualités requises pour devenir boucher ?

Ils retiennent leur souffle.

Je l'ai dit tout à l'heure, d'abord le sens de l'hygiène, c'est primordial. Puis l'habileté manuelle, l'esprit d'initiative, un bon contact avec le client et le sens du commerce bien sûr. La rigueur et l'esprit d'équipe sont également indispensables, et j'ajouterai le goût du travail bien fait.

Pim s'agace, le vent tourne en minuscules rafales, il jette un regard aux marronniers déjà couverts de feuilles jaunies — cette année les arbres rongés par un parasite basculent prématurément dans l'automne.

Comme vous le savez sans doute déjà, vous aurez une semaine de cours toutes les trois semaines. Le reste du temps vous serez en boucherie... un secteur qui n'est pas touché par le chômage... vous devrez toujours préparer la viande comme si c'était pour un membre de votre famille, avec le même soin et le même amour.... un salarié débutant gagne 1500 euros brut par mois, un boucher confirmé entre 3000 et 6000 euros par mois... les Français mangent 92 kg de viande par an... dans artisan boucher le mot le plus important c'est artisan... la viande appelle le vin... historiquement les devantures des boucheries étaient peintes en rouge sang...

Les apprentis s'agitent, un léger brouhaha enfle comme une nappe de brouillard, se répand dans toute la cour, un brouhaha fait de marmonnements et gorges raclées.

...alors bienvenue à tous et faites honneur à cette belle profession.

Les élèves applaudissent enfin, sans conviction, puis se dispersent pour se reformer immédiatement en petits conciliabules, par affinités instinctives. Pim va s'en griller une sur le trottoir, la dernière. Il a décidé d'arrêter, le goût de la Royale menthol se mariant assez mal avec l'odeur de la viande, le vert du paquet jurant avec le rouge de la chair. Il a décidé d'arrêter au risque de décevoir les filles qui aiment tant ses baisers mentholés, galoches vigoureuses qui laissent sur les langues et les gencives un picotement délicieux, un frisson électrique. Les baisers n'auront plus le goût poivré des cigarettes mais les filles y gagneront au change puisque Pim envisage de louer un studio en centre-ville avec son salaire d'apprenti.

Pim a deux ans devant lui pour apprendre la boucherie, les outils, les gestes et les techniques. Deux ans c'est peu pour maîtriser la comptabilité, le droit du travail, l'anatomie des bêtes, les normes européennes, la chaîne du froid, les appellations et les labels, les origines contrôlées, la traçabilité des produits, les techniques de présentation, de décoration et d'étiquetage, pour savoir habiller les volailles et confectionner des produits tripiers. Dans deux ans Pim obtiendra un CAP et le statut de boucher préparateur qualifié ; il pourra alors passer son brevet professionnel, spécialisation charcuterie, afin de mettre toutes les chances de son côté.

Lui, il a pas le physique de l'emploi, c'est ce que se dit le professeur de transformation de carcasse alors que Pim entre dans la classe pour le premier cours de l'année. La maigreur c'est pas fait pour rassurer le client, ça donne pas envie ce corps étiré comme une longue veine. On lui ferait bien bouffer du steak en intensif à ce gars-là, on lui donnerait le cœur de la viande pour que le rouge afflue sous la peau trop pâle, pour que le bœuf lui transmette sa force, on lui ferait avaler bien saignant, bleu même, le sang solide, compact et dense de la barbaque, pour que le flot artériel pulse plus fort, on lui servirait une bavette frites avec un quart de côtes, il fait soif hein Pim, tiens, donne ton verre, ça va te reconstituer tout ça.

Faudra grossir un peu mon grand. Tu manges de la viande au moins ? Ben oui m'sieur évidemment, vous savez c'est génétique, y a rien à faire je bouffe comme quatre. T'es nerveux alors toi comme garçon. Non monsieur je suis très calme, vous verrez.

C'est vrai qu'ils ont l'air doux les apprentis bouchers, doux et mélancoliques dans ce décor de faïence blanche et de néons, dans leurs blouses intégrales et dans le froid, le froid qui ne fait que commencer — froid du labo où l'on prépare la viande, froid de la chambre froide, froid de la boucherie ouverte sur la rue, froid des abattoirs et des grossistes à l'aube, ils ont l'air tendre et empoté devant leurs outils tranchants.

Pim, arrête de regarder ce couteau comme un couillon, prends-le et découpe, pour comprendre le couteau faut pas l'admirer faut l'utiliser, c'est comme pour tout. Vous savez pourquoi l'homme est plus intelligent que l'animal ? C'est parce qu'il a des mains. Le bœuf et la poule ont pas de mains, vous avez remarqué, d'ailleurs on dit : comme une poule devant un couteau.

Dès la première semaine de formation, Pim est embauché comme apprenti à la boucherie Morel de Ploufragan où il se présente le jour de l'entretien vêtu d'une chemise blanche impeccable et légèrement bouffante sur son torse creusé qui ne remplit jamais aucun vêtement et d'un jean neuf repassé, et chaussé de mocassins noirs en cuir pleine fleur. Le patron — cinquantaine emphatique, visage couperosé par le blizzard des frigos — lui serre longtemps et vigoureusement la main, laissant à la fin de son geste de bienvenue, sur la paume de l'apprenti, une odeur mêlée de chlore et de haché frais. Il insiste sur l'importance de la transmission dans le métier, sur la courtoisie qui fait parfois défaut à la jeune génération, ajoute enfin qu'il faut être passionné pour faire ce travail, pour confectionner de beaux produits, pour se lever au cœur de la nuit et passer des heures dans les chambres froides.

Mais Pim n'a peur de rien, ni de la fatigue ni du froid ni du travail, il a juste peur de se mettre à chialer comme ça pour rien devant le patron en ficelant un rôti et de se faire virer pour excès de sensibilité ou mauvaise hygiène — les larmes dans la chair à saucisse c'est pas idéal.

Il n'a peur de rien et il est pressé. D'y arriver, de gagner de l'argent, de vivre sa vie. C'est pourquoi il assure Morel qu'il est disposé à s'acquitter de toutes les missions ingrates, nettoyage du labo en premier lieu — finir le frottin chaque soir quand les autres sont rentrés depuis longtemps. Le laboratoire il sait qu'il s'y sentira bien, l'arrière-boutique où se confectionnent les terrines et les charcuteries, la cale du grouillot où se pratique l'art magistral de la découpe de carcasse et où se nettoie la merde. Pim est sans orgueil, Pim est sage et se tient au plus près de ses ambitions : devenir boucher, identifier les différentes parties du bœuf et manier la lame.

Dès la première heure du premier jour il plonge tête la première dans la boucherie, comme un forcené, un enchaîné à son sacerdoce, à son addiction immédiate et entière.

Et on verra comment Pim va devenir fou de viande.

Le premier jour à la boucherie Morel, Pim embauche à 6 h et débauche à 20. Il commence par nettoyer le labo puis consacre le reste de la matinée à l'observation ; il les regarde faire qui découpent les carcasses, désossent, débarrassent la chair des peaux et des graisses superflues. En blouse blanche et en retrait, silencieux, les mains dans le dos, Pim enregistre la chorégraphie exécutée sous ses yeux, tout en guettant d'éventuelles larmes qui ne viendront pas.

Le deuxième jour, toujours en observateur, il passe côté boutique, côté public penché sur une vitrine qui déborde de galantines, de chair au lardage immaculé, de poulets aux pattes gantées de manchons en papier blanc, d'escalopes assoupies sur la dentelle et le persil. Au-dessus de la vitrine, le boucher joue sa partition sous une affichette encadrée *il a bon goût l'agneau français*, montre son savoir-faire sur le billot, hachoir qui danse, flatch du muscle tendre giflé sur la planche à découper, *y' en a un peu plus j'vous le mets quand même ?* Rôti de veau bardé et ficelé en une performance éclair, bidoche jetée en douceur sur la balance, emballée, pesée, *à qui le tour ?* — la comédie du travail bien fait.

Le troisième jour Pim classe les carcasses dans la chambre froide, nettoie le frigo où sont stockées les andouillettes, épluche des carottes pour agrémenter terrines et pâtés.

Et les jours se succèdent, l'apprenti travaille dur, apprend vite, la découpe du cochon à 7 h et la serpillière à 21. Le lundi c'est pieds panés, le mardi pâté de tête (mettre à cuire la tête du cochon, une fois molle la désosser et la couper en cubes), le mercredi on fond le saindoux et on récupère la graisse autour des boyaux pour en faire du flambard, le jeudi on fabrique les saucisses (embaucher le gros boyau sur la canule, mettre la chair sur le poussoir et tourner), le vendredi c'est lardage des rôtis et le samedi Pim est affecté à la fabrication du haché, sa tâche favorite. Il récupère les morceaux bien secs des dessus de côte qu'il écrase dans la machine. Pim, paralysé par la beauté, contemple alors la chair marbrée rose et blanc qui sort de la grille du hache-viande comme une invasion d'asticots.

Les deux premiers mois la nausée était permanente, stagnante et sourde, comme un vague à l'âme : le sang, les odeurs, la tripaille et la Javel, mais aussi la fatigue, les nuits trop courtes, le bol de café amer au réveil seul à la table de la cuisine, l'estomac incapable d'assimiler la moindre nourriture alors que le corps réclame encore du repos. Il fait nuit quand Pim arrive le premier à la boucherie, les néons du labo l'éblouissent, lui vrillent la rétine, le froid de l'inox, de la viande, du tablier et du gant métallique le saisit aux reins. Il fait encore nuit quand l'apprenti plonge son couteau à saigner dans la viande et que les gouttes de sang tombent feutrées sur la sciure qui couvre le carrelage.

Pim gagne rapidement en dextérité et en assurance mais ses articulations sont douloureuses, il souffre déjà de courbatures dans le bras droit, il a des fourmis dans les jambes à force de se tenir debout immobile et penché sur l'établi, sa peau blanche se marbre de rouge, le sang afflue et bat dans la main ankylosée toujours prolongée d'une lame.

Mais semaine après semaine Pim répète les mêmes opérations et cette répétition finit par annuler la fatigue, anesthésier la douleur, une habitude qui envahit le corps comme une langueur et comme une adrénaline, les deux à la fois, torpeur et fougue. Répétant ses gestes il les apprivoise et les connaît, il identifie ses émotions. Il n'y a qu'à voir son visage radieux — ses yeux fendus s'étirent davantage, ses joues creuses se gonflent aux pommettes, il prend un plaisir inédit à désosser, à séparer minutieusement la viande de l'os : pas un seul petit morceau de chair qui ne reste accroché, elle est parfaite, claire et nette, aucun coup de couteau dans la fibre, une viande sans trace, un voile de soie rouge.

Tout le réjouit, il n'y a qu'à voir ce visage concentré sur la fabrication du jambon cru. Pim retrousse lentement les manches de sa blouse, pose son corps sans fin sur un tabouret de traite, jambes écartées genoux remontés au menton, cale entre ses chaussures de sécurité un bac rempli de gros sel dans lequel il plonge les jambons puis les frotte avec vigueur dans le sens de la fibre. Le sel irrite la peau de ses doigts trop fins, l'apprenti pleure à chaudes larmes acides mais ce n'est que le sel disséminé en particules infimes qui se dépose sur les cils.

Jour après jour Pim frotte sans jamais se plaindre et frottant se rêve déjà meilleur ouvrier de France, prix d'excellence tripière, champion du monde de découpe de carcasse, la grande œuvre du boucher, sa geste, Pim se rêve chevalier viandard.

Un soir, une dispute éclate entre un autre apprenti du CFA et Pim, accusé d'avoir préparé du haché d'avance alors qu'on sait bien que le steack haché se confectionne toujours à la demande, devant le client. Pim conteste — diffamation ! —, l'apprenti maintient sa version des faits.

Afin de régler leur différend et de laver l'affront, Pim propose un duel : on combattra dans une clairière reculée de la forêt de Brocéliande.

Le jour dit, deux billots sont disposés face à face par les témoins, à une distance de quinze pieds. Au lever du jour, malgré une brume opaque et une pluie glaciale, le combat doit commencer. Les apprentis prennent place derrière les billots frappés du sceau de leurs boucheries, couteau à trancher au poing, fendoir à la ceinture, tablier amidonné. Maître Morel arbitre le duel. On aiguise les lames avec grandiloquence sans se quitter des yeux, on s'essuie les paumes sur le coton rêche du tablier, on croise les fers. Au signal du cor, chacun s'empare d'un arrière de bœuf, les fendoirs s'abattent sèchement sur le bois schlack et c'est à celui qui fera le plus beau travail, la plus belle découpe. Les doigts écartèlent maintenant les fibres de la viande, arrachent gras et nerfs, serrent le manche du couteau, plongent dans la chair et la remuent, la tripotent outrageusement. À l'issue du temps réglementaire Pim, en nage, les yeux creusés et cernés d'un voile mauve, le tablier souillé, la main endolorie et tremblante, est déclaré vainqueur.

Les mois passent et Pim n'est jamais absent, jamais défaillant, toujours sur le métier, d'une humeur égale, précis et rigoureux, à tel point que tous ses désirs s'en trouvent érodés, absorbés par la viande, le temps que prend la viande — plus d'amis, plus de filles, plus de loisirs, en quelques semaines sa vie a basculé, il l'a voulu. Pim en jeune homme déjà solitaire et discret qui s'abîme chaque jour un peu plus dans la boucherie, la boucherie qui lui réussit, où il excelle.

Morel est fier de son apprenti, de ces fiertés illégitimes qui concernent d'autres que soi. Un soir après la fermeture il fait signe à Pim de rester, lui tend une chaise et quelques tranches d'andouillette, lui sert un verre et pose avec emphase sa large main sur l'épaule osseuse de l'apprenti : *tu es le meilleur, tu iras loin parce que tu respectes le métier. Tu dois savoir que le boucher il est comme le médecin, il a du pouvoir, il tient la vie de ses clients entre ses mains. N'oublie jamais ça. On peut en crever d'avoir avalé de la mauvaise bidoche, si la viande est avariée, mal travaillée, si la chaîne du froid est cassée. Il y a des morceaux, même les chiens en veulent pas. Il faut bien savoir conserver la viande, on peut la faire rassir longtemps si elle est pas émoussée, si on garde le gras sur la carcasse.* Mais une fois que la lame est entrée dans la viande tout va très vite, on ouvre un passage aux bactéries et le muscle qui était à l'abri mûrit, puis rassit, s'altère, passe au bleu et vous intoxique. Le rouge tourne au brun moiré, au vert, et les odeurs d'ammoniaque et d'égout vous écœurent, la viande devient poison.

Ce jour-là Pim réalisa qu'il pouvait tuer un homme avec une bavette d'aloyau avariée, il en conçut une grande inquiétude, une forme de peine et bizarrement, comme un retour cinglant du désir, ça lui donna envie de coucher avec une fille. Il repensa aux filles qu'il négligeait depuis des mois.

Mais est-ce que les filles sont attirées par les bouchers ? Est-ce que les filles veulent coucher avec des garçons qui sentent la saucisse de Montbéliard, la viande braisée, le poulet rôti aux herbes et le sang caillé ? Parce que les odeurs restent sur les bouchers, sur leurs vêtements mais pas seulement, elles s'incrustent dans la fibre de leurs cheveux, sous les ongles, impriment la peau et tout leur corps fouette. Ils ont beau se laver, frotter, ça reste. Il faudrait deux semaines de vacances à Pim, loin de la boucherie Morel, pour que l'odeur disparaisse tout à fait. Elle est là tout le temps, entêtante et familière. Pim ne la sent plus, met parfois du parfum pour la masquer aux autres, quand il y a des repas de famille. Une odeur de cru et de frais, le plomb du sang et le détergent qui traverse le caoutchouc des gants de protection et abrase la peau. Est-ce qu'il y a des filles à qui cette odeur de bois et de labeur fait monter des je t'aime au fond de la gorge, des je t'aime je vais te manger ? Pim, t'as caché des rognons dans ton caleçon ? Si le jus coulait sur tes cuisses je le lécherais.

Avant, les filles aimaient Pim pour ses yeux de chat paisible, sa douceur vive, son corps affûté comme une serpe et ses baisers à la menthe. Et parce qu'il prenait son temps, patience rare chez un garçon de seize ans, partageait ses clopes, ne disait pas grand-chose mais regardait en coin avec bienveillance. Avant, Pim croisait des filles à l'école ou sur la place le samedi soir quand on tenait des bancs tard dans la nuit. La place, ça fait des mois qu'il n'y est pas retourné. Ce soir l'air est tendre et la lumière décline, ce serait peut-être l'occasion d'y faire un tour, de croiser une fille et de l'inviter à dormir dans le canapé-lit de sa studette Ikea.

Sur la petite place couverte de marronniers, une quinzaine de filles et de garçons s'agglomèrent autour des bancs, packs de bières, tabac à rouler, scooters béquillés, couples enlacés, filles assises sur les genoux des garçons et l'inverse. Les écouteurs de mp3 tournent d'oreilles en oreilles, comme des plongeurs se passent le détendeur ils s'échangent des sons hip-hop, commentent indéfiniment tel sample historique, telle ligne de basse qu'ils font écouter sur leur portable transformé en haut-parleur, et la nuit s'étire, ils grelottent, décapsulent les bouteilles au briquet, éventrent des paquets de chips goût barbecue, se lèchent les doigts en riant.

Pim est accueilli par des éclats de voix, claques dans le dos et baisers de filles tendues sur la pointe des pieds pour atteindre sa joue là-haut, au sommet de son mètre quatre-vingt-dix. *Ça fait un bail Pim, tu taffes trop.*

Ils sont pourtant nombreux à être apprentis — boulangerie, plomberie ou coiffure —, d'autres vivotent de petits boulots de pêche, certains sont encore au lycée ou exilés la semaine à Saint-Brieuc pour un BTS ou une première année de fac. Tous rêvent de se tirer, quitter Ploufragan et ses 11 000 habitants, les bourrasques chargées d'eau salée qui traversent le maigre blouson, laisser derrière soi la pierre grise, la bande de copains glandeurs à l'ombre de l'église néo-gothique, s'arracher au vert aveuglant de la vallée du Goëlo, abandonner les mégalithes, l'ombre des sous-bois, le plan d'eau autour duquel les journées d'été s'étirent, plates, quitter cette campagne industrialisée qu'ils imaginent sans issue. Ou alors se faire embaucher à la zoopole, étudier les sciences, acheter un costume en centre-ville et intégrer l'institut de recherche sur la santé et l'hygiène des animaux d'élevage, ou le centre de pathologie porcine. Sinon, vraiment, partir.

Pim y pense sérieusement : ouvrir une boucherie à Paris, la ville du monde où l'on travaille le mieux la viande.

Il décapsule une Kro d'un coup sec sur le rebord du banc et les larmes lui montent aux yeux tandis que la mousse monte au goulot. Ses paupières inférieures s'ourlent instantanément de liquide salé et l'écume de houblon affleure puis s'échappe doucement, glisse le long de la bouteille. Ça déborde de tous les côtés, Pim essuie les larmes du revers de sa manche, lèche le bord du goulot, ils n'interrompent pas leur discussion, font comme s'ils n'avaient rien vu, ils le savent que Pim pleure, qu'il pleure depuis toujours sans raison. *Pim tu es triste ? Non. Tu as mal ? Non. Tu es ému ? Ben non. Mais Pim tu pleures. Oui, on dirait bien. Qui c'est qu'a secoué les bouteilles de bière comme ça ? c'est pas très malin.*

Pim t'es pire qu'une gonzesse, et leurs rires grippés par le tabac résonnent en cascade, outrés par le vide de la nuit.

Sur le banc d'en face trois copines boivent du vin blanc à la bouteille, assises en tailleur, à l'écart du groupe elles discutent à voix basse, des histoires de mec lâche, de belle-mère autoritaire, de petite sœur hystérique, de prof dégueulasse, de soirées inoubliables, des histoires de filles, d'amitié et de nuit. Il y en a une qui plaît à Pim, ses cheveux courts, ses petits seins, son jean serré et ses espadrilles enfilées comme des babouches, qui glissent, découvrant des pieds minuscules aux ongles vernis rose écaillés.

Pim s'approche, *salut les filles j'peux m'asseoir ? Tu vois pas qu'on discute là ? tu nous déranges. J'me présente, Pim, boucher, et bientôt avec un peu de chance charcutier traiteur, c'est chez moi que vous viendrez acheter votre rôti du dimanche et la tranche de jambon du p'tit dernier quand vous serez des femmes des vraies. Vas-y dégage. Si vous avez besoin de moi je suis là sur le banc, j'attends.*

Pim repart à reculons, ses yeux de chartreux rivés sur la fille aux espadrilles, la fille au menton frondeur qui soutient ce regard jaune, fendu.

Plus tard dans la nuit elle rejoindra le banc de Pim. Il est là allongé, mains croisées derrière la nuque, ses longues jambes repliées, la place est maintenant presque déserte, ceux qui restent somnolent au pied de leurs bécanes, ivres d'alcool, de shit et de discussions. Pim a attendu la fille sans y croire vraiment, elle lui tend la main, *viens relève-toi je mangerais bien un steak frites*, il la saisit, elle est chaude, tellement plus chaude que l'air de la nuit.

Elle se le dit bien sûr. Qu'elle va coucher avec un type qui a découpé de la viande toute la journée, impossible de ne pas y penser, de ne pas se demander ce que ça fait. Des mains rougies par l'hémoglobine qui vont passer d'une carcasse à ses seins, rouler d'une viande à l'autre, des mains expertes en anatomie, des mains qui servent beaucoup, qui évaluent ce qu'elles saisissent, des pognes qu'on ne trompe pas, qui manipulent du mort et voilà cette nuit un corps vif et dansant.

Mais il faut faire confiance à un boucher tout nu. Elle ôte ses vêtements la première, il se déshabille de dos, elle découvre, occupant toute la surface de l'omoplate droite, une côte de bœuf tatouée, d'un rouge vermillon intense et réaliste. Le dessin, à l'arrondi parfait, incrusté dans la peau, affleure comme une pellicule de sang. Elle s'approche, pince, lèche, croque la chair colorée, si fine à cet endroit, mord la peau, un suc de viande corsé suinte du dessin, la forme du tatouage se modifie sous l'effet des premiers mouvements du corps, la côte de bœuf vibre et se déploie. Elle n'a jamais rien vu de si beau et de si étrange, pousse le boucher sur le lit, prend son élan et le rejoint.

Pim passe sa main partout où il peut, identifie à haute

voix le jarret, la côte première et le filet mignon — les mots la font rire et puis moins quand il passe à la tranche grasse et au cuisseau. Le corps de l'apprenti ankylosé par des jours de découpe, de désossage et de nettoyage se détend enfin, s'assouplit, ses mains se décrispent, la chair est mobile, la peau se griffe, le sang détale dans les veines, il pose ses doigts sur les tempes de la fille, ça pulse.

La boucherie commence là où finissent les bêtes, commence aux marges de la ville, à l'abri des regards, commence loin des boucheries, commence à l'abattoir.

Deux visites sont prévues dans l'année pour les apprentis, rituels du sang et baptêmes du feu, entre appréhension fiévreuse et impatience. Pim redoute l'épreuve, apprendre comment la bête passe du statut de cadavre à celui de substance consommable ne sera pas anodin, assister à la tuerie ne sera pas sans conséquences.

Il est temps de pénétrer dans l'enceinte tragique et secrète. Tous les élèves, au creux de la nuit, entassés dans un minibus qui les conduit à l'abattoir de Collinée, sur trente-huit kilomètres de routes sombres. Pim somnole tête qui glisse contre la vitre froide, col du blouson relevé, l'abattoir ils l'imaginent tous, l'envers du décor, à la rencontre des invisibles, les gardiens de la viande ; il faudra avoir le cœur bien accroché, il y aura des cris et la longue et vertigineuse hémorragie.

Avant la visite, on rassemble les apprentis dans la salle polyvalente et on projette le film de Franju, *Le sang des bêtes*, tourné aux abattoirs de Pantin en 1949, au bout de la ligne de chemin de fer, là où viennent se garer les trains de bétail. On y voit l'ancien champion de France de boxe toutes catégories éviscérer les bêtes clope au bec, la chaleur du sang versé former une vapeur épaisse que le froid du petit matin fige en nuage toxique, on y voit un ouvrier qui fend son bœuf à la scie pendant les douze coups de midi, les sœurs du couvent d'à côté venues récupérer la graisse pour la cuisine, la cosmétique et le bricolage, des hommes aux épaules larges qui manient la masse d'abattage ou le merlin anglais, introduisent avec autorité un jonc dans le trou de perforation du crâne, fourragent jusqu'à la moelle épinière et activent la mort. On décapite des veaux à mains nues en sifflotant, on balance leurs têtes dans un coin de la salle et elles s'entassent au sol comme des gravats de chair. Les têtes sont coupées, les pattes sectionnées mais les corps encore animés, sanglés sur un établi, secoués de spasmes, témoignent des derniers mouvements d'une vie devenue purement végétative, des derniers réflexes exaspérés de l'animal dépouillé, la viande hurle et Pim s'arracherait bien les oreilles.

Quelques années plus tard, en 1964, la loi ordonne que les animaux soient totalement inertes au moment d'être saignés. Puis on interdira de suspendre la bête avant de l'avoir insensibilisée. Il n'y aura plus de buveurs de sang, de vampires mondains débarqués en groupe au petit matin après une nuit de fête, venus réclamer leur verre d'hémoglobine fraîche, le sang de l'animal tout juste égorgé, avalé cul sec tête en arrière pour régénérer leurs corps fourbus, imbibés d'alcool, de sexe et de danse, venus aux aurores jusqu'aux portes de Paris pour boire une multitude de bienfaits et de fer et repartir rassérénés, requinqués, les sens en éveil, la peau électrique, les idées claires.

Il n'est plus permis de tambouriner aux portes des abattoirs alors que le jour est à peine levé pour réclamer sa dose de sang et de force. Il n'est plus permis d'être cette danseuse de l'Opéra de Paris qui, après s'être foulé la cheville en exécutant un saut de chat, est portée sans tarder jusqu'à Pantin afin qu'elle trempe son pied dans les viscères encore chauds d'un veau. Elle reste ainsi à compter les minutes, chevilles dans la bassine d'étain, sent la blessure désenfler, la douleur se résorber, et repart une heure plus tard en sautillant, sa gaieté naturelle, le rituel et le sang ayant eu raison du mal.

Pim avait regardé le film avec une sidération glacée, comme on regarde un film de vampires et d'horreur. Aujourd'hui les abattoirs sont modernes et pourtant les corps décapités tremblent encore. Aujourd'hui c'est différent se convainc Pim, et pourtant il va falloir affronter le sang qui déborde, lui qui ne connaît que la chair compacte.

Les apprentis se présentent aux portes de l'abattoir à 5 h. Il flotte aux alentours de l'usine comme une odeur grasse de lardons. L'abattoir est un assemblage de hangars métalliques déployé sur 170 hectares de pelouse. Devant les bouchers ébahis se dresse l'une des plus grosses usines à viande d'Europe, 2000 ouvriers s'y relaient jour et nuit.

Les premiers camions arrivent sur l'immense parking, chargés de porcs. Ils repartiront avec de la viande débitée, prête à être livrée dans tous les centres Leclerc de France.

C'est aux abattoirs qu'est débarquée chaque nuit la plèbe animale, le prolétariat de l'élevage destiné à nourrir la planète, les utilitaires et les productifs, pas comme ces caniches inutiles, ces hamsters au mieux divertissants. Pim se sent plus d'affinités avec le cochon qu'avec le chien, plus de tendresse pour la vache que pour le chat, davantage de respect pour le veau que pour la perruche.

Les apprentis suivent la procession des ouvriers du matin qui pointent entre 5h20 et 5h29, et qui débaucheront à 12h30. Ils suivront ce rythme, remonteront toute la chaîne, traverseront les salles de réfrigération, de stockage, de découpe, les locaux de triperie, de boyauderie et de salage. Ils croiseront les vétérinaires et le personnel d'inspection sanitaire, le personnel d'entretien et de nettoyage, celui de traitement et de stockage des sous-produits.

Pour le moment la petite troupe ankylosée avance en silence, éblouie et terrifiée par l'immensité des lieux, l'alternance de calme et de brouhaha, l'odeur fumée, l'atmosphère métallique. Les apprentis passent aux vestiaires, où s'enfilent blouses, tabliers de plastique bleu, cottes de mailles, bottes en caoutchouc, charlottes en papier, casques, manchons et gants, tout un attirail chirurgical qui les transforme en silhouettes anonymes et techniques, qui les font disparaître sous des couches de caoutchouc stérile. Les ouvriers encore raides de sommeil quittent leurs tenues de ville, jeans, survêtements, blousons de cuir, pour enfiler sous leurs combinaisons blanches des vestes polaires, des sous-vêtements thermiques de haute montagne et des caleçons longs pour se protéger de la climatisation qui coule comme une eau glacée le long de l'échine et s'infiltre partout dès que les mouvements cessent. Des porchers et des équarrisseurs aux gestes retenus, à l'air buté et réticent, qui sentent encore le tabac fumé à la va-vite aux portes de l'usine, tirant une dernière bouffée asthmatique avant de glisser leur carte dans la fente de la pointeuse. Leurs poches sont remplies de barres chocolatées, d'abricots secs et de nicorettes.

C'est un décor de carrelage, d'inox, de néons, de tuyaux d'évacuation, de nettoyage au kärcher et de tapis roulants. Dans la première salle, une clameur entêtante, un boucan d'enfer — non pas encore de cris d'animaux mais de voix humaines et de machines pneumatiques, de scies et de crochets qui se cognent.

L'odeur est forte et indéfinissable, un mélange de sueur et de graisse rance, d'ammoniaque et de soies de porc carbonisées, de bile et de caoutchouc. Il faudra bientôt pénétrer dans le secteur des tueries, qu'ils devinent déjà, le théâtre des sacrificateurs, là où les bêtes sont suspendues — croc fiché dans le tendon —, là où l'on suivra du regard la course du sang qui disparaît par les grilles d'évacuation, aussitôt dissipé par la pression d'un jet permanent qui transforme tout en mousse rougie.

L'abattoir est une machine à produire des déchets, effluents liquides dirigés vers la station d'épuration municipale, déchets solides enlevés quotidiennement par des camions étanches et acheminés vers des entreprises d'équarrissage. Ici on nettoie autant qu'on tue, on évacue les rebuts autant qu'on fabrique de la viande, on blanchit autant qu'on saigne, les ouvriers récurent avec obsession leurs bottes alimentaires, passées sans relâche à la brosse rotative qui débarrasse le caoutchouc blanc des croûtes de bile et de merde, le sang et l'eau s'écoulent sans fin dans la même rigole et au bout il y a la mer qui nous avalera tous. Pim se demande si tous les sangs ont la même odeur, celui des animaux comme celui des hommes. La couleur varie sans doute, du rouge vermillon au rouge presque noir, mais l'odeur elle doit être universelle.

Pim n'est pas encore entré dans la tuerie que déjà le sang l'envahit, le submerge, il voit rouge, il a des visions, comme un malaise, il y en a qui somatiseraient à moins. Une épaisse couche d'un grenat tourbillonnant le recouvre peu à peu, coule derrière ses yeux, infiltre narines et tympans, goutte le long de ses cuisses. Il se sent mal, il voudrait être récuré lui aussi, passé au jet haute pression pour en finir avec ces hallucinations, il voudrait qu'on le sorte de là.

La voix de l'instructeur arrache l'apprenti à ses visions apocalyptiques : *ici les conditions d'hygiène sont beaucoup plus drastiques qu'en boucherie, par exemple les couteaux à manche en bois qui peuvent transporter des germes sont interdits, et toutes les lames sont nettoyées dans de l'eau chlorée à 70°.*

Le garçon recouvre la vue, le rouge a disparu, Pim se rétablit, inspire profondément, et prend sur lui pour ne pas gerber dans le premier seau à abats qui passe.

Les apprentis pénètrent maintenant dans le secteur porcin, cette fois on les entend les cris des cochons qui résonnent dans les locaux de stabulation, ça grouille et ça vocifère, des grouics sonores et déchirants, la clameur indécente de 600 porcs abattus chaque heure, 6000 chaque jour et autant de bovins, une hystérie de beuglements. Il le faut, il le faut bien se dit Pim mais c'est dégueulasse. Des files de porcs glissent ventres ouverts suspendus à des rails, misérables proies qui se balancent aux crocs, rasés de la hure à la queue. Et l'odeur de couenne grillée se mêle à celle des gaz qui s'échappent du ventre des cochons béants. Pim sent à nouveau la nausée monter, comme un étourdissement.

Les porcs défilent au ralenti sous le regard figé des apprentis, clones éventrés au cuir livide, et soudain une apparition, Pim croit reconnaître l'un d'eux, il l'identifie formellement. Pim hallucine un cochon, c'est une bête de l'élevage Dubout, immense porcherie étalée en contrebas de la départementale, à la sortie de Ploufragan. Dubout élève ses 1200 bêtes sur caillebotis dans des enclos avec mangeoire individuelle. Pim a visité l'exploitation en début d'année. Ce matin-là il avait remarqué un cochon en particulier : l'animal s'était immobilisé à son passage, avait tourné sa grosse tête rose vers Pim, l'avait regardé longuement, comme s'il se moquait, puis avait cligné des yeux (en Angleterre, des scientifiques évaluent la capacité du cochon à mentir alors pourquoi pas à se moquer). Ses pupilles enfoncées étaient rondes et éclatantes, des perles noires, son groin partiellement couvert d'une tache de vin, comme une tache de naissance. Pim avait approché sa main et gratté le haut du crâne entre les deux oreilles, le cochon lui avait léché les doigts comme un bon chien puis s'était mis à ricaner comme une hyène. Non pas le grognement nasal du porc mais un cri strident en cascade.

Sais-tu seulement le sort qui t'est réservé cochon ? Joues-tu les naïfs ou les insolents face au destin ?

Ce cochon était âgé de deux mois quand Pim fit sa connaissance. Son engraissage prendrait fin au 200e jour après sa naissance, il aurait alors atteint son poids maximal de 110 kg. Les 20 jours suivants on le nourrirait moins et il jeûnerait les dernières 24 heures afin d'arriver en forme, le pas leste, sans embonpoint outrancier, avec une bonne répartition des graisses. Enfin, au 222e jour de sa vie, il serait mené à l'abattoir. Ce cochon s'appelle René. Pim se souvient de René et nous sommes le 222e jour. Nous aimons les animaux et aussi nous les mangeons.

Pim voit le cochon poursuivre sa course folle, voudrait crier à l'ouvrier de stopper la chaîne, d'arrêter le massacre, de sauver René déjà égorgé.

Il avait cru oublier la bête mais l'image s'est enfoncée dans la rétine et maintenant ressurgit tête en bas, en viande froide, il n'est plus un cochon anonyme parmi les 14 millions entassés sur la surface de 4 départements bretons, il n'est plus un morceau des 35 kg de porc que chaque Français ingurgite chaque année, il est le cochon de Pim qui l'aurait bien sauvé de l'élevage industriel pour lui donner une vie meilleure, une existence sur paille, dans la chaleur du compost plutôt que sur du lisier visqueux. Il aurait pris le temps de l'engraisser sur un petit lopin de terre, pendant qu'à l'autre bout du monde, au Canada, le pays des élans, on fabrique du cochon moderne, du cochon transgénique dans des fermes expérimentales éclairées aux néons : des gènes de souris sont greffés sur des porcs et hop les grosses bêtes digèrent mieux, engraissent plus vite, chient moins de phosphore et polluent moins. Une souris croisée avec un cochon = meilleur transit intestinal. Les souris sont formidables, elles savent tout faire, mais ici on ne les mange pas.

René le cochon a maintenant disparu au bout de la chaîne, Pim esquisse un geste de la main, geste de salut et d'impuissance, geste avorté alors que s'impose le spectacle effarant des secousses et des tremblements, échines frissonnantes, muscles tétanisés, yeux révulsés, langues qui pendent, groins palpitants, têtes renversées, boyaux qui dégringolent, bêtes épluchées comme des bananes, une forêt d'animaux pendus par les pattes, animaux sans têtes et pourtant reconnaissables, cochons sans têtes privés du souffle vital qu'expiraient leurs naseaux mais cochons quand même.

Alors que Pim, sans tête, on ne saurait pas l'identifier.

Les hommes sont des têtes tandis que les animaux sont des corps, les animaux on leur coupe la tête puis parfois on la mange en tranches et en vinaigrette. Autrefois on coupait aussi la tête des hommes et des femmes et alors leur tête qui roulait sur l'échafaud était comme une tête de bœuf ou de cochon, était une tête en viande qui atterrissait dans le panier du bourreau, qu'on empoignait par les cheveux et brandissait à la foule. Et le corps décapité qui gisait à côté n'était plus qu'une carcasse.

Les têtes de porcs sont maintenant alignées sur une table en inox, les pieds sectionnés attendent là, rangés au cordeau, des culs sont pendus par grappes, des langues patientent, crochetées en hauteur à perte de vue comme une colonne de soldats avant l'appel, des oreilles s'entassent en monticules parfaits. Tout est rangé et symétrique, comme la chair à saucisse qui coule lentement des tuyaux, lisse et régulière. L'air est saturé d'une vapeur d'étuve, Pim souffre.

Au milieu des abatteurs et des boyautiers, il est celui qui a les mains propres, il s'épargne l'ingratitude du sang versé. Au milieu des innombrables corps, Pim cette fois tourne de l'œil, c'en est trop.

C'est d'abord l'œil qui tourne à l'intérieur de son orbite, fait des loopings et se rétracte, aspiré à l'arrière du globe oculaire, cent quatre-vingts degrés sur lui-même, il fait noir à l'intérieur du crâne, on n'y voit plus rien ou juste une tête d'épingle lumineuse en apesanteur quelque part dans le cerveau, mais alors on se sent partir, l'œil est blanc maintenant, révulsé, les paupières disjonctent, tête lourde comme une enclume vers l'arrière, pieds qui se dérobent, on flotte dans une mer suffocante, les sons mats s'échouent comme des méduses contre les tympans, des flashs blancs zèbrent la rétine, les oreilles bourdonnent, tout est lointain, opaque, ça y est Pim tourne de l'œil, c'est l'œil qui tourne en premier puis emporte tout son corps, en orbite autour des carcasses, il vole, il glisse, il fond, il se dissout tendrement, aussi tendre qu'un rognon blanc.

Pim évanoui, trois claques, une goutte d'alcool de menthe sur un sucre et il est debout, chancelant, *allez mon gars faut s'remettre c'est que l'début.* La visite promet d'être longue.

Pim se dit qu'il a échappé au pire, qu'il vaut décidément mieux être boucher, celui en fin de chaîne, qui vend de la bête débarrassée de toutes ses parties animales, de la bête sans cuir, ni tête, ni pieds — y penser le soulage. Pim sait tout ce qu'il y a à l'intérieur des bêtes, les abats qui dégueulent sans fin, mais aussi des paysages de verdure, les caresses d'un éleveur, des escalopes de veau à venir, il y a tous les hommes qui les mangeront, il y a la grande chaîne du vivant, ininterrompue et implacable, il y a la théorie de l'évolution, les secrets de la nature et l'humanité tout entière qu'il faut sustenter, il y a un monde et les animaux étaient là avant nous. Pim y pense et une décharge de chaleur envahit sa poitrine, se répand dans tout le corps, son visage s'enflamme, cette fois c'est l'émotion.

Autour de lui les ouvriers s'affairent et accélèrent la cadence à mesure que chauffent leurs muscles, du sang plein les blouses, de la sueur plein la nuque. Ça crie, ça court, ça s'interpelle, ça donne des ordres et en reçoit, ça s'engueule, ça raconte des blagues de cul et ça chante *oh Lucifer oh laisse-moi rien qu'une fois glisser mes doigts dans les cheveux d'Esmeralda*, la cadence est exceptionnelle, les gestes foudroyants de rapidité, ils ont le nez penché dans les viscères, les lames tranchent et les mains gantées farfouillent profond, ça gicle dans les bacs. La veille de Noël, traditionnellement, les ouvriers font une bataille de déchets de triperie, puis trinquent autour d'un buffet sur lequel les attendent des triangles de pain de mie couverts des bouts de saucisse qu'ils viennent de confectionner.

Parmi eux il y a Patrick qui prend quelques minutes sur son temps de pause pour parler aux apprentis, Patrick qui autrefois fleurait l'animal mort, séparait délicatement sa peau de la chair avec une lancette plus coupante qu'un rasoir. Il faisait ça en musique, avait installé une mini-chaîne protégée des souillures par un morceau de bâche. Aux bêtes qu'il devait tuer il passait aussi un peu de musique douce, un best of de Mozart, une compilation de mantras bouddhistes ou de chants grégoriens. Patrick a toujours veillé à ce que les animaux soient abattus sans douleur et en musique, les uns après les autres, en prenant son temps, le temps qu'il faut pour que ce soit bien fait, pour que ce soit *propre*. Patrick raconte qu'autrefois, dans les civilisations rurales, l'homme qui abattait une bête lui plaçait préalablement une pièce dans la gueule. S'il n'avait pas de pièce il confectionnait un totem à l'image de l'animal. Les cadences soutenues et la surveillance permanente empêchent Patrick de fabriquer ces petites effigies mais il y pense, y penser c'est déjà quelque chose.

Patrick soutient que le problème n'est pas tant de tuer la bête que de savoir comment et pourquoi on la tue. La tuer sans souffrance inutile et pour la manger. Pas gratuitement, pour se distraire ou pour se débarrasser de son corps.

Le métier est pénible et dangereux, mais il faut le faire parce qu'il faut bien manger chaque jour et faire manger tous les autres. Nourrir l'humanité carnivore et progressiste, l'humanité qui enfle et qu'il faut servir. Rendons grâces à ceux qui s'y collent, nous n'aurions pas le courage, nous sommes planqués et nous sommes incompétents.

Sous la combinaison de l'ouvrier, à l'échancrure, on devine un collier porté ras du cou. C'est un collier de dents de cochon, façon Rahan. Patrick n'a pas demandé l'autorisation de récupérer ces dents mais il porte crânement son bijou. Il a une place à part, un statut privilégié à l'abattoir, on raconte qu'il est devenu un peu bizarre depuis l'accident, que ça l'a changé. Il y a deux ans il a reçu au visage un violent coup de sabot d'un charolais nerveux et indomptable. Patrick a perdu connaissance, s'est effondré la tête en sang. Les pompiers sont intervenus en vingt minutes, le médecin urgentiste a décidé l'évacuation en hélicoptère vers l'hôpital de Saint-Brieuc, Patrick a subi trois opérations de chirurgie reconstructrice. Il est devenu taciturne, hésitant, mais n'a pas voulu lâcher l'abattoir. Alors on l'a changé de poste. Il a toujours rêvé de travailler avec des animaux, c'est une vocation, il aime leur contact, il allait toujours caresser longuement les bêtes à la bouverie avant la mise à mort, même si c'est fortement déconseillé — *faut pas faire de sentiment avec le bétail.* Quand il immobilisait les bœufs, il ne disait pas *je vais tuer une bête* mais *je vais faire une bête.* À l'époque on lui avait proposé des promotions, et même de passer dans les bureaux, mais Patrick préférait rester côté bétail et perfectionner son art. Aujourd'hui il nettoie les carcasses au jet.

Quelques jours après la visite de l'abattoir, une nuit d'orage, Pim rêve non pas qu'il reçoit un coup de sabot en pleine face mais qu'un cochon suspendu lui retombe sur la tête. Dans ce rêve Pim travaille à l'abattoir, il a mal au bras droit à force de le lever vers la bête accrochée. Un médecin s'approche, au début la silhouette est imprécise puis on distingue une blouse blanche, une sacoche professionnelle et des lunettes cerclées de métal. Pim tend la main pour saluer mais le cochon qui tangue juste au-dessus de son crâne se décroche, s'affale subitement et vient le heurter avant que Pim n'ait atteint la main du médecin. Le cochon rebondit comme un ballon, continue sa course dans l'usine puis disparaît en roulant à hauteur du hangar à volailles.

À l'abattoir il est arrivé qu'un cochon se décroche et atterrisse sur un abatteur, s'écrase de tout son poids sur les épaules d'un ouvrier. À cause d'un crochet mal engagé dans la patte de l'animal, d'une fente trop large entre les tendons du genou et la cuisse, de la chair qui se déchire et de l'absence de chaîne de sécurité.

Au secteur sanitaire voilà que la débâcle lacrymale repart de plus belle, Pim déborde à nouveau de larmes impossibles à retenir alors que l'instructeur explique comment dégager la moelle. *Regardez bien, vous l'attrapez en vous servant de la pointe du couteau, vous collez la lame contre la colonne vertébrale sciée au milieu et vous coupez tous les liens qui retiennent la moelle. Après, vous jetez la moelle dans un bac à part, c'est une partie ASB, un produit à hauts risques, y' a plein de saloperies qui peuvent se loger là-dedans. Et depuis la crise de la vache folle on incinère tout, la moelle, les amygdales, la rate et même les intestins. Bientôt on sera équipé d'une machine semi-automatique pour la démédullation, un mécanisme qui aspire la moelle épinière, ça ira beaucoup plus vite. Ben faut pas pleurer comme ça, tu te sens pas bien? Tu pourras pas être boucher si tu supportes pas tout ça.*

C'est rien m'sieur, je vais très bien, c'est une maladie en fait, j'y peux rien ça coule tout seul.

Personne n'y croit à cette maladie, depuis le début personne n'y croit.

Histoire de l'abattoir-usine

Il y eut d'abord des établissements publics d'abattage puis des entreprises privées, on industrialisa la saignée, on décida de la pratiquer en série, de réglementer la mort des animaux, de ne pas abandonner ce rituel ancestral à la fantaisie individuelle et à l'improvisation.

Quand l'histoire a commencé, l'histoire des hommes qui se nourrissent des bêtes, on tuait l'animal qu'on mangeait, on était chasseur, on se connaissait bien la bête et moi ; je l'avais repérée, traquée, abattue, dépecée puis avalée. Et l'hiver venu j'avais jeté sa peau sur mon corps nu et vulnérable. C'était d'elle à moi, une affaire privée en quelque sorte, c'était entre nous. Désormais je ne mange plus l'animal que j'ai tué, un autre le fait pour moi et les intermédiaires se multiplient. En réalité plus personne ne tue vraiment les bêtes depuis que l'abattage est à la chaîne : le travail robotique est inattentif, il est irresponsable, et la mort est fractionnée.

Detroit, automne 1913, Ford inaugure la première chaîne de montage du châssis de la Ford T. Mais le travail à la chaîne n'est pas né pour assembler des voitures, il a été inventé pour démonter des animaux. Au milieu du XIXe siècle, l'abattoir de la ville de Chicago inaugure sa première chaîne de dépeçage et d'empaquetage, teste la première solution technique au problème de la production de masse.

À Chicago, la cité *Porkopolis*, se dressent de grandes fabriques qui traitent 13 millions de bêtes par an. Des porcs défilent sur des tapis roulants — l'un nettoie les oreilles, l'autre arrache les soies — et les carcasses sont suspendues à une sorte de pont roulant, des rails en pente douce qui passent d'un poste d'intervention à l'autre, les ouvriers tirent les bêtes à eux pour les travailler au corps. La voilà la bonne idée, transporter les animaux-objets en les maintenant par le haut.

Les ouvriers ont souvent pour eux-mêmes de grandes idées, pour se faciliter la tâche, pour améliorer leur condition, pour alléger et optimiser leur geste. Ils inventent des machines, la chaîne mais aussi, par exemple, la machine à recueillir la graisse de cochon pour en faire de la margarine. Les ouvriers des abattoirs de Chicago sont ingénieux, bientôt ils seront même syndiqués.

Le Président Hoover promet à ses concitoyens une poule dans chaque marmite, il va falloir accélérer les cadences pour tenir les engagements. Les porcs entrés à l'abattoir quelques heures plus tôt en ressortent transformés en jambons, saucisses, pommade à la graisse et reliure de Bible. Les morceaux quittent l'usine empruntant le minuscule chemin de fer qui traverse les hangars et mène jusqu'aux wagons réfrigérés par de lourds pains de glace, puis c'est la conquête de l'Ouest, des trains de viande qui traversent l'Amérique, ils traverseront bientôt les océans et après la Seconde Guerre mondiale les fermiers américains nourriront le monde entier.

Pim et les apprentis sont maintenant au secteur bovin, l'élite, le haut du panier — c'est comme ça, la vache sera toujours l'animal noble, sacré, le porc sera toujours le prolo, l'emmerdeur qui crie, ameute tout le quartier et se débat comme un cochon qu'on égorge.

Les bovins sont accueillis en grande pompe au cul du camion puis rassemblés dans la bouverie. Les animaux sont gentiment et fermement poussés à l'arrière-train, *allez faut que ça rentre les filles.* Les bouviers prennent soin des bêtes, calment leurs beurlements avec de grandes tapes amicales sur l'encolure, les abreuvent pour calmer leur angoisse (mais plus sûrement pour rendre leur viande claire et appétissante). La livraison est contrôlée, le document d'accompagnement du bovin et les marques auriculaires vérifiés, puis les bêtes sont placées dans une stabulation le temps que les informations soient saisies : label, lieu de naissance, lieu d'engraissage. Chaque bête sur les 100 millions que compte la France. *D'où tu viens la vache ? Qu'est-ce que t'as brouté ma vieille ? Quel est le nom de la terre grasse que tu as foulée toutes ces années ? Il ressemble à quoi le pré que tu as déformé à coups de sabots impatients et nerveux ? Et ton éleveur c'était quoi comme genre ? Le genre je connais le nom de chacune de mes vaches ou le genre engraissage en série, steaks sur pattes ? J'ai l'impression que t'as de la bonne mie la Noiraude.*

C'est là que nos chemins se séparent tu sais, le personnel et les animaux n'empruntent jamais les mêmes couloirs, on mélange pas les torchons et les serviettes, j'rigole, fais pas cette tête, t'es susceptible, c'est juste pour des questions de sécurité. Moi c'est par là, toi c'est par ici, vers l'échaudoir, bon c'est petit tu verras, c'est un piège en fait.

La vache est dans le piège mais il arrive que les choses ne se déroulent pas comme prévu et sans crier gare la bête lèche le visage du tueur, c'est elle qui donne le baiser de la mort, elle lèche le cou, le front, les joues et ça n'en finit pas, c'est de la tendresse, de l'amour, son immense langue râpeuse et musclée pousse l'homme contre un mur, l'accule, une vache viole un abatteur, elle lèche encore, sa tête presse maintenant contre la poitrine de l'ouvrier, elle se frotte et ça dure, l'homme est désemparé, il suffit de caresser la tête d'un animal pour ne plus pouvoir le tuer.

Pim sursaute sous l'effet de la détonation : l'animal est anesthésié par un coup de pistolet à projectile captif tiré dans le front, au point le plus meuble du crâne, au croisement de deux lignes que trace mentalement le tireur sur la tête de l'animal. Afin que la vache tombe correctement, il l'incite à se tenir appuyée sur la bonne patte, le cou de la bête se déjette en arrière, elle tombe sur les cornes puis le poitrail et enfin le flanc droit. Le tueur presse son doigt sur l'œil de l'animal pour vérifier que la paupière reste immobile, preuve de son étourdissement. Puis la bête insensibilisée est suspendue, la carcasse entame sa ronde, Pim sent son odeur, une odeur d'étable, de lait et de paille. L'ouvrier s'approche, son visage est sans expression sinon la lassitude du travail à la chaîne, couteau à saigner porté à la taille comme une épée moyenâgeuse, qu'il a longuement aiguisé avant de procéder (pour gagner du temps et souffler un peu parce qu'il est permis d'interrompre sa tâche afin d'affûter les lames), torse en avant, jambes arquées, il plante le couteau dans le pli de la peau, sur la poitrine, traverse les poils, les muscles et les nerfs, tranche les artères carotides, là où le sang épais et luisant jaillira plus vite, plus fort, et en effet il sort à gros bouillons sonores, qui s'échappent en cascade. Le blanc cartilagineux de la trachée se découvre, la peau n'est rien, un écran fragile, une protection frêle et altérable, derrière laquelle c'est un bordel sans nom, un chaos de chair et de viscères. Le geste de l'ouvrier est si ferme qu'il n'aura pas besoin d'être répété. Il veille à ne pas planter la lame trop profond, pour que le sang ne coule pas dans le ventre. L'abatteur actionne la patte du bovin dans un mouvement de va-et-vient afin de faciliter l'effusion du sang, il faut pomper puis le récupérer, le mélanger à une solution qui l'empêche de coaguler.

Les apprentis sont tétanisés, mâchoires bloquées, mauvaises mines les gars. Ce n'est pas la vue du sang, c'est plutôt la violence avec laquelle il s'échappe de la plaie, c'est sa force, son impatience, c'est la vie qui se libère, vous saute à la gueule et vous éclabousse.

L'abatteur frappe-t-il vraiment l'animal sans colère et sans haine ? On enseigne aux apprentis que ce sont les lois de la nature. Si on élève des bêtes et qu'on ne les tue pas elles finiront par être trop nombreuses et qu'adviendrait-il ? Une révolution, un soulèvement des animaux ? Si on ne tuait pas chaque année un milliard de volailles et quarante millions de lapins, se ligueraient-ils pour nous faire la peau ?

Si on ne tue pas les animaux qu'on élève afin de les manger, d'autres plus féroces et plus barbares s'en chargeront, les hyènes, les loups et les ours. Les bêtes sont destinées à être dévorées et nous le faisons de la meilleure manière. Mets-toi ça dans le crâne Pim. Pim y croit déjà dur comme fer, que la vie d'un mouton c'est au travail avec le berger puis à l'abattoir avec l'ouvrier sinon c'est le loup. Peut-être que si nous ne les mangions pas les animaux mourraient de faim, tout simplement, et Pim n'est pas insensible aux bêtes.

Quelques jours plus tard la fille du banc l'a rappelé. Elle avait gardé un bon souvenir de leur nuit. Alors ils se sont revus, ont recouché ensemble. Sans prendre le temps de parler un peu avant, d'aller boire un verre en ville, ou un cinéma. Ils se sont donné rendez-vous en bas de chez Pim, se sont embrassés devant la porte cochère, il a voulu monter immédiatement et cette fois la fille a trouvé ça un peu mécanique. Doux cependant, mais mécanique. Un drôle de mélange, une drôle d'impression, une impression d'absence bienveillante. À nouveau Pim a débité la fille en planche anatomique tandis qu'il la caressait et ce n'était plus si drôle. Elle l'a traité de profiteur, il n'a rien répondu, ni protesté ni acquiescé, sa main palpant toujours avec délicatesse la chair, prenant son temps, comme s'il l'évaluait avant une opération — Pim était concentré, tendre et lointain. La fille était amoureuse et dépitée, en colère sans vraiment savoir pourquoi, il n'y avait pas tant à lui reprocher. Après l'amour il a proposé une bière mais la fille qui avait envie de pleurer est partie sans faire de bruit.

Le plus dur est fait, la saignée a eu lieu, l'animal a disparu, évaporé, il y aura bientôt de la viande, la saignée a eu lieu, on est passé de l'autre côté de la bête, bientôt le boucher entrera en scène, sous vos applaudissements, bientôt ce sera ton tour Pim, ta place dans la cité qui turbine, se dépense et se nourrit, les tournedos en vitrine et le pot-au-feu du dimanche.

Se tenait là il y a quelques minutes un animal percé d'un numéro, il était chaud, et maintenant Pim pourrait plonger sa main dans la chair froide. La mise en carcasse a eu lieu sous ses yeux, il s'apprête à voir la bête éviscérée, dépecée et démembrée, il en tremble et il vibre. Elle sera bientôt entre ses mains, forme indistincte prête à recevoir de nouvelles modifications, elle sera transformée en rosbif, puis cuira dans son jus et sera métabolisée par un organisme humain qui la digérera plus ou moins vite, plus ou moins facilement, avec ou sans frites.

L'animal est encore secoué de quelques gestes nerveux puis s'immobilise, un autre ouvrier lui coupe alors les pattes antérieures, puis le pansier extrait cœur, foie, poumons et vessie. L'inertie gagne. Un opérateur met la carcasse sous tension électrique pour tétaniser les muscles et retirer plus facilement la peau, il faut de la délicatesse et de la dextérité afin de ne pas salir les muscles au contact de l'enveloppe de l'animal. La peau détachée pend comme un tablier ou une robe affalée à ses pieds. L'ouvrier ligature le rectum pour que le contenu du système digestif ne s'échappe pas, par cette voie du moins. Un second opérateur, placé face au premier, retire la mamelle. Ils sont comme des jumeaux s'activant symétriquement sur la carcasse, à toi la patte avant droite, à moi la patte avant gauche, ils suspendent la carcasse ensemble à la cheville, coulent la vache dans une chorégraphie impeccable et alerte (les volailles aussi on les accroche par les pattes. Comme elles sont stressées, on les enlève de nuit, on réveille les éleveurs à pas d'heure, et à la faveur de l'obscurité on cambriole les poulets, ils arrivent dans des cagettes, le jour n'est pas encore levé et les opérateurs les travaillent dans le noir, sous une lumière ultraviolette).

L'animal dépouillé se couvre maintenant d'une mousse graisseuse, un homme s'avance et délicatement l'ôte avec une lame. Pim, sans se faire voir, passe son doigt sur la carcasse et goûte la chair émoussée. C'est âcre et piquant, une saveur violente qui s'incruste dans la bouche comme un poison, *putain c'est dégueulasse.* Il crache dans ses mains pour atténuer le goût, s'essuie sur les pans de sa blouse, espérait une saveur de tartare fraîchement haché, s'inquiète de cette chair qui semble déjà avoir tourné. En bout de chaîne, un agent de la direction départementale des services vétérinaires inspecte la carcasse. Sous la blouse blanche, un épais nœud de cravate signale sa non-appartenance à la classe ouvrière. Il recueille l'obex, ce petit morceau en forme de V du bulbe rachidien qui permet de détecter un éventuel cas de vache folle. On envoie l'échantillon au laboratoire pour analyse, une procédure sanitaire obligatoire depuis la crise.

La crise, on ne l'oubliera pas de sitôt. Les premières images de bûchers au journal télévisé, l'Angleterre qui rassemble ses bêtes par milliers et les brûle, puis la Communauté européenne qui prononce un embargo sur la viande britannique, la France qui exige une déclaration obligatoire de tout cas d'encéphalopathie spongiforme bovine. Cette fois on est allés trop loin, on a donné des farines animales à des herbivores, de la bête pilée en poudre pour nourrir de la bête, on a inventé un nouveau cannibalisme animal et alors la tremblante qui monte et la mort qui rôde, des animaux tombent puis des hommes, la consommation de viande s'effondre, on se méfie de la chair de nos frères animaux, désormais tracés, identifiés, leurs origines affichées dans les boucheries et les restaurants — veille sanitaire et principe de précaution, les vaches et les hommes ont cessé de se regarder sans crainte, désormais tout le monde est suspect, sale ambiance.

Pim et les autres suivent la chaîne et la danse des ouvriers au fil des transformations. Habillés des mêmes tenues de protection on les distingue des travailleurs à leur torpeur voûtée, leurs bras ballants, la manière somnambule qu'ils ont de suivre le formateur, de poste en poste, en traînant des baskets, l'air perdu : *sachez que l'éviscération doit commencer au plus tard 45 mn après la tuerie. Au-delà de ce délai, les intestins deviennent poreux et les enzymes et les micro-organismes qu'ils contiennent peuvent s'échapper, atteindre les muscles et contaminer la carcasse. Il faut être particulièrement vigilant à ce stade. C'est clair pour tout le monde ?* Ils opinent du chef, paresseux et résignés.

Quelques mètres plus loin les abats sont retirés. Pim se demande si on n'a pas des surprises parfois en ouvrant une vache. On pourrait rêver de quelque chose d'inédit, d'inattendu, qui jaillisse des entrailles, un objet quelconque ou un rayon de lumière, un truc bizarre qu'elle aurait mangé, un morceau d'arbre fruitier, une horloge, un parfum délicieux, un vieux livre avec des énigmes à déchiffrer, une photo de sa mère, une plume de poule avalée accidentellement — car une plume peut tuer une vache, ce pourquoi, à la ferme, on sépare les volailles du bétail. Mais non, ce sont toujours les mêmes tripes vertes et molles, pas de révélation, pas de trésor caché, toujours la même routine gluante à l'intérieur des bêtes, pas de signe du destin, pas de sac d'or à la place de l'estomac et à moi les vacances éternelles au soleil. Juste un entrelacs d'intestins et de tuyaux c'est décevant.

Pourtant cela compenserait la rudesse du métier : se lever à 4 h 45 pour trier des abats et les passer à la machine sous vide. Les morceaux défilent sur un tapis roulant, abats blancs d'un côté — tête, pieds, estomac —, abats rouges de l'autre — cœur, foie, langue, cervelle, rate, poumons, ris. L'ouvrière porte d'immenses gants de plastique bleu qui remontent jusqu'aux coudes et protègent ses avant-bras des souillures. Elle a commencé la chaîne à 19 ans, en a 28 et a déjà subi deux opérations du canal carpien.

Pour la première fois Pim s'envisage comme un bourgeois, un nanti au milieu des prolos. Il pourrait penser : on est du même bord l'ouvrier et moi, galériens tous les deux, les mains dans la même viande, dans la même merde. Et il se dit plutôt : je suis un privilégié, je suis du bon côté, du bon côté de la viande et du destin. Il ne se sent pas solidaire. De la sympathie, de l'empathie même, mais pas de solidarité. Il sait le lien, il a de la reconnaissance, mais tout cela lui paraît loin, le bruit strident de la scie à lame qui fend la carcasse en deux lui paraît loin. Pourtant, en bout de chaîne, où s'exécute la procédure ultime de la fente, Pim a désormais sous les yeux deux morceaux qui ressemblent bien aux carcasses livrées en demi ou en quart chaque semaine à la boucherie Morel. Mentalement et à grande vitesse il fait défiler la somme de gestes qui, depuis l'arrivée des bêtes à l'abattoir, a mené jusqu'à cet instant où enfin il reconnaît la viande. Somme de gestes qui a rendu possible une extraordinaire métamorphose — une vache devient un steak, attention les yeux. Sur la chaîne Renault on fabrique des voitures avec des bouts de tôle. Ici c'est l'inverse, on produit des morceaux avec des machines vivantes. On hache menu, on ne monte pas on démonte, on n'assemble pas on disloque. Les ouvriers ont fait vœu de pauvreté, ensanglantés et blafards sous la lumière industrielle, ils nourrissent la France entière — *et c'est pas avec trois truies par éleveur et sans usine qu'on va faire bouffer le pays.*

À l'abattoir tout est suspendu, temps, vie et bêtes. Pim regarde s'éloigner les carcasses, moitiés de bêtes pendues cul à cul par centaines, pesées, étiquetées, lavées, et son cœur se contracte comme sous l'effet brutal d'un liquide de refroidissement, un shoot d'émotion et d'adrénaline, les carcasses qui cheminent jusqu'aux chambres de ressuage où elles cracheront leur humidité, leurs températures descendant progressivement, leurs muscles s'assouplissant au contact de l'oxygène. Bientôt leur fibre tendre s'écrasera entre les doigts des connaisseurs, entre les doigts de Pim le boucher.

La visite est terminée, les estomacs gargouillent, les yeux sont rouges de fatigue et de ce qu'ils ont vu, les corps essorés, les apprentis hagards. Quitter l'usine, le bruit, le froid, les néons et les odeurs, retrouver le ciel clair et immense, la verdure, un choc, une hyperventilation soudaine, un aveuglement, la beauté douloureuse, celle de la nature retrouvée, de la sortie à l'air libre. Comme si on avait vécu enfermés des jours et des nuits dans une boîte hurlante et moite, à étouffer et à exulter sous l'effet de psychotropes violents. Les apprentis se dispersent sur les pelouses qui entourent l'usine, extraient des sacs à dos les sandwichs au jambon qu'on envisage d'un drôle d'œil, ouvrant discrètement la demi-baguette pour regarder dans les yeux le cochon en tranches, puis mordant à pleines dents, affamés, le regard flottant sur l'horizon.

Pim se met à l'écart. Il veut y retourner, complote des projets d'intrusion nocturne, une visite en contrebande, non pas pour y découvrir des pièces soustraites au regard, toute une saleté qu'on nous dissimulerait, des secrets innommables, mais pour refaire le parcours, reprendre le chemin aux côtés des animaux, emprunter les mêmes couloirs, les suivre à la trace, à genoux, tête baissée, pieds nus dans le sang, pour voir comment ça fait, comment ça fait de faire la bête.

Pim rampe dans l'herbe, sa longue silhouette comme un serpent à ras du sol, il atteint le hangar aux porcs, à cet instant plus solidaire des porcs que des ouvriers, plus proche de ces porcs mal aimés qui puent, gueulent et se ressemblent tous, ces animaux rétifs, têtus et cardiaques, une malédiction. Pim a les porcs en tête. Il espère se perdre d'autant mieux dans la masse que le cochon est doté d'une constitution biologique et anatomique très proche de celle de l'homme, il prend même des coups de soleil depuis qu'on l'a privé de ses soies de sanglier. Pim se glisse à quatre pattes dans une meute (les cochons arrivent à l'abattoir par bandes d'élevage, on ne les mélange pas, ils se haïssent d'une ferme à l'autre et peuvent devenir violents), un groupe d'une cinquantaine d'animaux débarqués du camion en couinant. Toujours accroupi et anonyme au milieu des bêtes apeurées qui ne lui prêtent aucune attention, bien trop occupées à se demander comment sauver leur peau, il pénètre dans un enclos où les ouvriers les lavent au jet et les nourrissent. Leur cuir est rose comme un cul au printemps, Pim devrait peut-être se déshabiller pour mieux se fondre dans le rose, éviter de se faire repérer, en premier lieu par les cochons, que les étrangers terrorisent. Ça les stresse et ils sont très sensibles au stress, ils s'angoissent pour un rien, même le porc le plus gros du monde, un chinois d'une tonne, est peureux comme un bébé phoque. Mais comment mesurer le degré exact de stress, comment évaluer la douleur, les cochons crient mais comment savoir si c'est de terreur, parce qu'ils ne reconnaissent pas les lieux, parce qu'on les a déplacés ? Est-ce qu'ils suent ? tremblent ? Est-ce que leur rythme cardiaque s'accélère ? Pim colle son oreille au groin du premier cochon qui passe pour espérer mesurer la cadence de la respiration, pose ses doigts à la base du cou pour sentir la pression sanguine. Il faudrait aussi lui faire une prise de sang afin de connaître son taux d'adrénaline, puis lui scruter le fond de l'œil. Mais le cochon ausculté se dégage violemment et envoie Pim valdinguer contre la barrière de protection. Malgré le bruit l'apprenti n'est toujours pas démasqué c'est un miracle, ou alors personne ne veut voir, un grand garçon au milieu des cochons on passe l'éponge.

Pim et ses compagnons glissent maintenant sur des tapis roulants qui les acheminent jusqu'aux pièges de contention. Ils sont aspergés au brumisateur pour leur calmer les nerfs, un peu d'eau et de fraîcheur avant l'anesthésie par électronarcose. La peur affecte la qualité et le goût de la viande, le cochon angoissé produit un acide qui décompose les muscles, la chair saturée d'acide devient blanche et pâteuse, et il n'y a pas de raison pour qu'on rajoute à l'anxiété du cochon qui n'a rien fait à personne, ni qu'on inflige de la nourriture médiocre au consommateur. Le premier candidat a déboulé sur un tapis de caoutchouc et finit sa course sur la zone de tuerie. On a verrouillé la trappe derrière lui pour préserver ses congénères, pour ne pas les inquiéter inutilement. Pim glisse son œil à travers le portillon de métal ajouré et aperçoit les mains de l'ouvrier qui fixent des tenailles électrifiées de chaque côté de la tête de l'animal. Il tombe béat puis inconscient. Autrefois on les assommait avec un coup de maillet sur le front, autrefois on faisait le boudin dans la cour de la ferme : quatre litres de sang par animal saigné. L'entaille ne devait être ni trop étroite, il fallait alors s'y reprendre à deux fois, ni trop béante parce que le sang giclait anarchiquement de telle sorte qu'une grande quantité était gâchée. On le récupérait dans un seau et on le battait à la main pour l'empêcher de cailler, puis on le mettait au frais, c'était la tradition. Si Pim était un porc, ça ne serait pas son option. Mieux vaut un abattage industriel, hygiénique et collectif qu'une tuerie approximative et clandestine dans une cour insalubre.

Pim parvient à glisser hors du tapis roulant qui mène à l'égorgement. Toujours invisible, vif comme l'anguille, il s'introduit dans la salle d'épilage. Les cochons sont levés par l'arrière-train, jambons dans les airs, puis grattés au pieu et douchés à l'eau chaude. D'un sifflement l'équarrisseur ordonne la mise en marche des rotatives et voilà les racleurs qui frappent, frottent et flambent pour éliminer les poils résiduels. Les cochons seront bientôt imberbes. Pim maintenant à poil lui aussi prend son élan, attrape le premier crochet qui passe, intègre le manège et se fait gratter le dos, douché et récuré par des ouvriers impassibles qui, à force de voir défiler à longueur de journée les mêmes formes roses, ne distinguent plus un nez d'un groin, un porc d'un homme en slip quand il est pendu par les pieds, pensent juste en voyant Pim arriver à leur hauteur qu'il est pas bien épais celui-là, qu'on en fera pas mieux que de la chair à cordon-bleu pané. Mais il est temps pour Pim, terrorisé, de lâcher prise et de glisser au sol : le porc crocheté devant lui est fendu en une boutonnière immense, de l'entre-jambons à la nuque, séparé en deux dans un fracas de scie électrique.

Pim roule à terre, évite les projections de viscères comme des bombes larguées du ciel. Les boyaux jaillissent en abondance puisque tout est bon dans le cochon, tout est bon dans le cochon sauf son cri, tout est bon et il n'est bon à rien d'autre que d'être mangé — au moins les moutons ont de la laine à nous offrir et les poules leurs plumes. Les sectionneurs de pattes, les découpeurs de jambonneaux et les réducteurs de queues se succèdent.

Le pire ayant été évité, Pim se met en boule dans un coin, le corps couvert d'éclats d'obus de chair, il tremble, toujours invisible aux yeux du monde, celui des bêtes comme celui des hommes, il cherche du regard les vêtements qu'il a abandonnés à l'entrée, voudrait se rhabiller sans être vu. Il regrette déjà la démence de son projet, préférerait maintenant oublier, escamoter cette seconde fatale, la seconde de l'abattage. Pim a peur du sang quand il est encore chaud et mobile. Il a une pensée pour les animaux, qui ne sont peut-être plus vraiment des animaux, transformés depuis des millénaires par les hommes, sélectionnés, manipulés, hybridés, plus vraiment des bêtes mais des usines métaboliques, des laboratoires comestibles, des inventions organiques pour nourrir l'espèce humaine. Pim sent monter les larmes et ce sont des larmes de confusion. Il faut maintenant s'extraire de ce merdier, se rhabiller fissa et quitter l'usine une seconde fois sans se faire surprendre. Il rampe encore jusqu'à ses vêtements, enfile son jean dos plaqué au sol, son pull, ses baskets, se lève d'un bond et court comme un dératé vers la sortie. *Eh vous !* Il accélère, un homme en blouse blanche à ses trousses, *arrêtez-vous ou j'appelle la police !* ses longues jambes le portent loin, il disparaît par une sortie de secours, laisse l'usine derrière lui et file droit devant à travers champs.

Pim est le deuxième être vivant à s'être échappé de l'abattoir de Collinée. Le premier est précisément un cochon. L'évasion du secteur porcin, une histoire fameuse qu'on se transmet aux fêtes de village et de famille, une anecdote racontée aux nouveaux, un épisode célèbre et ressassé depuis dix ans. Le cochon s'était fait la malle. Parce qu'à force d'être manipulés les porcs deviennent malins comme des singes. Celui-là a fui au moment du déchargement de la bétaillère. Le porc détale alors comme un lapin, renverse tout sur son passage, un lapin mais aussi un taureau, un buffle prêt à tout bousiller et qui se faufile par une porte battante, ventre à terre, tout droit sans hésitation vers la liberté malgré le dédale de l'usine. L'air frais qui filtre par les coursives de l'abattoir guide le cochon vers la sortie, on tente de l'attraper au vol, il glisse entre les doigts, on se jette sur lui pour l'enlacer, on chute, on se raccroche à la queue, on est traîné sur quelques mètres, on lâche prise, on n'ose pas lui planter un couteau dans l'échine pour stopper sa course, rien ne l'arrêtera, c'est la chevauchée fantastique, ça y est le cochon est dehors, il traverse le parking en diagonale, passe les grilles et c'est maintenant la départementale à perte de vue, les voitures qui l'évitent d'un coup de volant, une mobylette qui fait une violente embardée et finit dans le fossé, le cochon galope vers la ville à s'en faire péter les tempes, maintient la cadence, comment un cochon peut-il courir aussi vite qu'un lévrier ? La salive mousse au coin de sa gueule, sa langue bat comme un pavillon contre les babines retroussées par la course, les oreilles sont rabattues, le groin humide et rouge d'effort, il coupe maintenant à travers champs, arrive aux abords de la ville, passe les premiers panneaux de signalisation, le rond-point, charge tous ceux qui tentent de se mettre sur son passage, envisage une ouverture dans la chaussée, béance noire qui l'aspire, ça y est sauvé, le cochon saute yeux fermés cul par-dessus pattes, Alice qui dégringole dans son trou, rebondit, glisse, reprend sa course et se réfugie dans une canalisation d'égout : le cochon est caché. Mais le cochon est maintenant piégé dans un resserrement après avoir maladroitement parcouru cinq cents mètres dans l'obscurité puante et visqueuse des sous-sols. Gros cochon coincé dans un tuyau qui ne peut plus faire un pas.

Son évasion est signalée, des témoins l'ont vu traverser au feu rouge, une jeune femme jure que la rue l'a englouti, *la rue s'est ouverte et le cochon est tombé dans l'trou j'vous dis.* Les services techniques de la municipalité épaulés par une équipe de la DDE envisagent de débloquer l'animal en lui faisant rebrousser chemin. Le sauvetage commence. Ils envoient d'abord de l'eau à vive pression dans tout le réseau, puis lâchent des feux de Bengale. *Et les chiens ? vous n'avez pas lâché les chiens ?* Impossible de désentraver l'animal. On appelle alors les pompiers qui n'obtiennent pas de meilleurs résultats. Un soldat du feu tente de se faufiler pour accéder au cochon mais la canalisation se resserre dangereusement. Les pompiers optent pour une autre méthode : on va lui parler, on va parlementer, on envisage de faire intervenir un psychologue animalier et on finit, excédé, par lui hurler des insanités, par lui ordonner en vain de sortir. Puis on l'amadoue avec des épluchures de pommes, mais rien n'y fait, la bête ne sait que grouiner et ses cris stridents amplifiés par l'écho des cavités souterraines remontent à la surface de la ville en geysers sonores, les enfants se réveillent et hurlent d'angoisse au cœur de la nuit, serrent fort la main maternelle, il y a un monstre sous le béton il est venu se venger. Après une nuit de tentatives infructueuses et alors que les forces du cochon s'amenuisent, que son cri de terreur est devenu un sifflement rauque et haché, l'adjoint à l'environnement décide de procéder à l'éventration de la chaussée afin de dégager l'animal qui sinon va crever là : au petit matin la voie est percée par une entreprise de travaux publics agréée, le cochon précisément localisé et remonté à la surface, à bout de nerfs, grâce à une grue. La grosse bête sanglée se balance dans les airs, apathique et sale, les spectateurs qui piétinent depuis plusieurs heures déjà applaudissent à tout rompre, sifflent, s'exclament, on veut embrasser le cochon miraculé, le toucher, des bras se tendent derrière le cordon de sécurité, les gendarmes haussent la voix pour repousser la foule, les flashs aveuglants crépitent, on réclame une photo de l'animal avec la petite dernière en souvenir, un vétérinaire accourt, repousse de ses mains de latex bleu la troupe de badauds agglomérés ; on improvise un référendum : le cochon doit-il être sauvé ou doit-il reprendre le chemin de l'abattoir ? La bête est sauvée avec 88 % des suffrages, un triomphe. Elle est désignée mascotte officielle, obtient une pleine page dans la presse locale et un enclos à vie dans la cour de l'hôtel de ville avec cocarde à l'encolure. Baptisé Steve McQueen, le héros de *La grande évasion*. Stevemacqueen le cochon.

Quoi qu'il en soit Steve était devenu imbouffable, cet épisode traumatique ayant définitivement altéré la qualité de sa chair, la rendant trop acide et impropre à la consommation, ou alors peut-être en nuggets richement panés et violemment assaisonnés.

L'année s'achève, Pim est convoqué à la première épreuve du CAP boucherie : transformation des produits. Cette épreuve permet d'évaluer l'aptitude du candidat à préparer viandes, volailles et produits tripiers en vue de leur commercialisation.

Vous serez notés sur votre capacité à organiser votre travail, sur votre maîtrise de techniques professionnelles de base, la séparation, le désossage, le parage, l'épluchage, le bardage, le ficelage et l'habillage des viandes. Et sur votre respect des règles d'hygiène et de sécurité. Je précise que la remise en état des plans de travail, de l'outillage et des matériels fera également l'objet d'une évaluation pendant cette épreuve. Mademoiselle, messieurs, vous avez 4 h 30.

Sur le plan de travail de Pim sont alignés un jeu de bavettes, une épaule de veau, un filet d'agneau et une barde de bœuf. Pim dispose d'un aiguiseur, d'un fendoir et d'une dizaine de couteaux — à découper, fileter, dénerver. Il porte par-dessus son large tablier de coton blanc une cotte de mailles. Sa main droite est protégée de la même résille métallique. Il a fière allure le chevalier viandard, prêt au combat, au grand tournoi des rôtis, le veau sera facile à désosser, sa viande est jeune et tendre comme le cœur d'une princesse. Il empoigne une épaule, coupe la plus grosse tête de l'os puis le fait couler.

L'apprenti flotte dans son pantalon de boucher pied-de-poule et sue à fines gouttes sous un calot blanc. Il porte une cravate en soie vermillon, nœud étroit et haut sur une chemise à fines rayures bleues, dissimulée par une veste de travail. La cravate serre la glotte et nuit à la concentration, mais elle est obligatoire. Tradition vestimentaire, coquetterie orgueilleuse à laquelle nul ne peut déroger, la cravate réglementaire signale le travail bien fait, la fierté, la courtoisie et l'hygiène (pilosité du torse soustraite aux regards ?). On la choisira de préférence rouge pour masquer les taches éventuelles. On retroussera également ses manches, on présentera bien et on portera beau, bras dénudés dans le froid, nœud de soie dans un monde de sang, virilité barbare et distinguée. Le boucher n'est pas celui qui abat et dépèce à la sauvage, son œuvre est une longue succession d'opérations de déconstruction et reconstruction de la carcasse, manipulations méthodiques du cadavre, qui sera découpé, camouflé, assemblé et sculpté. Le boucher transforme l'animal écorché en morceaux parfaits et équilibrés — rôti bardé, fleur de persil, ficelle impeccable, nœud coulant, chapeau l'artiste.

Pim plonge en apnée dans la viande, concentré sur ses

gestes, économes et secs. Il sépare les bavettes, rase les poils résiduels, veille à ce qu'aucun fragment de chair n'adhère encore à l'os, à ne pas inciser dans les muscles, à respecter les séparations anatomiques. L'examinateur tourne dans le labo à pas feutrés, se penche un instant sur les mains affairées de Pim qui ne se laisse pas distraire.

L'apprenti a parfaitement respecté le protocole de nettoyage et de désinfection en fin d'épreuve et a correctement organisé son espace de travail. Il a raclé et décapé son billot, éliminé le moindre déchet, le plus petit élément de souillure. Le plan de travail est restitué vierge, sans une goutte de sang, il ne s'est rien passé, sacrifice sans traces, sans preuves.

Au terme de ces 4 h 30 d'évaluation, Pim se tient au garde-à-vous devant son établi immaculé. Tablier froissé et maculé de sang noir, souillures meurtrières et grasses, fines éclaboussures en rosée écarlate, revers de la main et traces de doigts essuyés, empreintes digitales incrustées de myoglobine, filet de jus qui serpente le long du pli du drap, calot rejeté en arrière, sueur faisandée, paumes rougies par le sang et par l'effort, doigts gourds : il est le garçon boucher.

Pour obtenir son CAP, Pim devra encore conditionner et peser correctement ses produits, procéder à l'étiquetage rationnel et visible de sa marchandise, et passer l'ultime épreuve d'approvisionnement, organisation et environnement professionnel en répondant aux questions suivantes :

Un grossiste livre une demi-carcasse de gros bovin, vous avez la charge de réceptionner cette marchandise, puis de la mettre en stock dans la chambre froide. Le livreur vous remet des documents. Quels sont ces documents ?

— L'attestation sanitaire du véhicule ?
— Le bon de livraison daté ?
— La facture de la précédente livraison ?
— La carte d'identification ?

D'après la carte d'identification ci-jointe, est-ce que l'animal de race charolaise a été élevé sur le lieu de sa naissance ? Justifiez votre réponse.

Quelle doit être la température maximale à cœur de la demi-bête à réception ?

À l'issue de la première année de CAP les élèves les plus méritants — désignés arbitrairement par le directeur sur la base de critères restés confus — se voient proposer un stage d'un mois chez un éleveur. Une forme de récompense, l'occasion d'améliorer sa connaissance des bêtes et d'aller prendre l'air loin des frigos et du carrelage blanc.

Pim ira volontiers parce qu'en effet un boucher sans vache est un homme abstrait.

Il a de l'admiration pour ces bouchers qui vont visiter leur viande sur pattes, qui veulent flatter l'encolure, jauger l'animal qui broute, juger sur pièce, yeux dans les yeux. Ils font la route jusqu'à la ferme pour faire connaissance avec leurs futures escalopes, ils estiment que ça fait partie du boulot, connaître ce que l'on vend, savoir qui on vend. À considérer la bête encore habillée, d'un seul tenant, ils savent déjà ce qu'elle vaudra désapée, le sixième sens du boucher qui voit à travers le pelage roux et derrière les groins.

Pim irait bien faire un tour au cul des vaches, mettre les

bouvillons à l'auge, manier la fourche, fouler une terre piétinée par les bêtes, leur dire merci salut les filles, alors c'étaient donc vous suspendues dans la chambre froide, prendre le temps de regarder en face les animaux qui travaillent à nos côtés pour fabriquer du lait, des œufs et du sang, leur œuvre comestible commune, ça ne s'est pas fait en un jour même si cela se fait de plus en plus vite.

Pim sera accueilli par un éleveur du pays de Caux, patron d'une petite exploitation d'une centaine de vaches normandes près d'Écrainville. L'apprenti boucher fera le vacher pendant un mois. Il sera chargé de la vie quotidienne du troupeau : traite, soins et alimentation. Il devra veiller à la bonne tenue et à la bonne santé des bêtes : est-ce qu'elles mangent bien ? laquelle s'apprête à vêler ? l'ambiance est-elle bonne au sein du troupeau ? Il faudra connaître chaque vache et leur décrotter le cul. Première traite du matin entre 6 et 7 h, horaires de nuit imprévisibles (on ne sait jamais à quelle heure elles mettent bas) et un logement de fonction sous les combles de la ferme constitué d'une vaste pièce de 30 m^2 refaite à neuf et munie d'un point d'eau.

Pim débarque avec deux valises à la gare de Bréauté-Beuzeville et parcourt les sept derniers kilomètres en taxi.

La voiture s'engage dans l'allée boueuse qui mène à la cour de la ferme, un bâtiment du XIXe disposé en angle droit. Tout autour, des champs cabossés par le piétinement des vaches, du bocage ouvert planté de pommiers, une montagne de foin que protègent des bâches retenues par des pneus de tracteur et, au fond du paysage, l'étable, longue et basse, en brique rouge et silex, couverte d'un toit de zinc. Ce soir les bêtes sont confinées au sec. Il bruine, les lieux sont déserts, c'est l'heure de la traite, on entend au loin les notes basses et encaissées des meuglements.

Pim s'avance dans la cour chaussé de bottes vertes flambant neuves quand surgit d'une sorte de poulailler à ciel ouvert, dans un glouglou strident, une dinde pleine de couleurs. Son cri surprend Pim, il admire la majesté de ses déplacements, son arrogance outrée de volatile de basse-cour, les couleurs, noir et vert profonds de ses plumes, rouge écarlate de son cou éruptif et parcheminé. Elle s'approche, curieuse et amicale, émettant des sons que Pim ne sait pas interpréter, un cri d'excitation, le cri de la dinde joueuse qui glougloute.

Pim est accueilli d'abord par la dinde avenante puis quelques minutes plus tard par l'éleveur célibataire en salopette de travail qui offre un verre de bienvenue sur la toile cirée de la grande salle. Du cidre brut et quelques tranches de saucisson de supermarché mâchonnées avec réticence par Pim. L'aménagement est rudimentaire ; seul élément de décoration, la photo encadrée d'une bête primée au concours général agricole en catégorie espèce bovine trône sur le vaisselier. On y voit l'éleveur qui pose aux côtés de sa vache et la conversation s'engage sur cette bête à concours qui lève fièrement son immense tête devant l'objectif : *un excellent sujet de 676 kg ; elle a fourni sa meilleure lactation à 3300 kg de lait en 100 jours. Non seulement c'est une grande laitière mais en plus ses aptitudes bouchères sont prometteuses. Et puis elle a un bon bassin et du coup de grandes facilités de vêlage, une belle ligne de dos, des aplombs parfaits, un très bon avant, non vraiment elle a beaucoup de qualités.* Ce pour quoi elle a reçu une médaille, une plaque émaillée clouée au-dessus de la gazinière.

L'éleveur connaît ses 90 vaches par leurs noms et ce soir les raconte une par une à Pim, qui prend des notes. Doptique, la petite moche débrouillarde qui reste dans son coin ; Valérie, la grande gueule hautaine qui file des coups de queue ; Cul de Lune, la bonne élève un peu fayote toujours la première à rentrer à l'étable ; Perle, une vieille routière qui connaît la chanson, déjà blasée avant même d'être bonne pour la boucherie ; Brunette, qui a un toc : quand on lui change sa paille, elle repasse systématiquement derrière, refait sa petite installation, arrange le foin à sa manière du bout du museau.

Pim a appris que la normande est la première race laitière française, n° 1 en taux protéiques, que ses qualités sont la fertilité, la longévité, la rusticité et une grande facilité de conduite. Il sait déjà que la normande est une race mixte — qui produit du lait puis de la viande en fin de carrière. L'éleveur complète la formation de Pim : engraissement de 3 mois avant abattoir ; nourriture composée de fourrages, compléments minéraux vitaminés, tourteaux de soja et pulpe de betteraves ; bêtes à l'étable de novembre à avril, le reste de l'année au pré, où elles broutent huit heures par jour et en ruminent dix, soit 50 kg d'herbe à digérer les jours les plus fastes.

L'éleveur fait saigner certaines de ses bêtes à domicile, ses favorites, celles qu'il n'aime pas voir partir. Il les fait tuer dans la cour ou dans la grange, à l'ancienne et à la régulière, par un abatteur ambulant. Le genre couteau à la ceinture, sifflotant au volant de sa bagnole de fonction, tablier amidonné plié sur la plage arrière et gants métalliques dans leur étui. Il s'annonce en klaxonnant au passage de la barrière, emprunte le chemin de terre qui mène à l'imposante bâtisse. Ce tueur professionnel fait le tour des exploitations normandes, abat exclusivement sur place, à la demande des clients qui sollicitent son intervention par SMS — cochon kon égorge ☺. À la ferme c'est plus humain. Les bêtes sont moins stressées et mieux vaut toujours mourir chez soi, dans son lit ou sur sa paille. L'abatteur sort de sa voiture au ralenti, le ciel est orange et lacéré de traînes nuageuses : jean, bottes de cuir huilé et chemise en toile épaisse qui disparaîtra bientôt sous une combinaison aseptique.

On lui présente la bête, tenue en respect dans la cour de ferme, puis menée sans effort dans la grange, la confiance règne. Il dégaine son pistolet à tige perforante, l'éleveur détourne le regard, le tueur assomme l'animal, la bête s'effondre, l'éleveur lève à nouveau les yeux sur sa vache, puis tend à l'abatteur la clé du tracteur dans un geste solennel : il reste à lever la bête avec l'engin pour la saigner à bonne hauteur. Couteau dégainé avec emphase, un seul mouvement latéral du bras et c'est fini. Le sang gras dégoutte sur la paille plutôt que sur le béton d'usine, vite absorbé par la terre jaune que remue vigoureusement l'éleveur avec sa fourche.

Avant sa première nuit à la ferme, Pim est conduit à la stabulation. Le bâtiment est vaste, aéré et propre, éclairé par une lune glaciale qui filtre à travers les ouvertures en hauteur. Les vaches sont réparties de part et d'autre d'un large couloir central. L'éleveur lui présente la doyenne du troupeau : Pie Rouge, 8 ans. *Ce matin elle a donné 46 litres.* Ses pis affreusement gonflés ballottent au moindre mouvement, des outres pleines de lait. Pim demande si c'est douloureux tout ce poids, toute cette tension dans le bas-ventre. *Faut pas projeter. Faut pas croire qu'elles sont comme nous.*

Pie Rouge lève la queue et défèque. *Ça c'est un signe de stress, c'est parce qu'elle te connaît pas encore. Tiens gratte-la un peu, elle adore être grattée celle-là. Faut être gentil, faut pas la brusquer c'est tout, faut être humain avec les bêtes parce que c'est vivant quand même. Faut juste être doux. Si l'éleveur est doux, les bêtes sont calmes, tout est doux. Et elles te laisseront tranquille. Y' a un fonctionnement de l'animal à comprendre. Pas seulement digestif. Après, le reste, c'est que du travail ensemble.*

Parce que les vaches ont un métier, elles font carrière avec l'éleveur et sous sa direction. Les chiens et les tigres ne travaillent pas, les vaches triment et produisent. De petites usines vivantes, des fabriques à lait et à viande qui font les trois-huit sur quatre pattes.

Les chiens tiennent compagnie, les tigres sont beaux, véloces et cruels, les vaches ne sont pas toujours gracieuses quand elles se déplacent mais elles sont rentables, élevées afin d'être engraissées et abattues, élevées c'est du temps passé ensemble, élevées pour les manger mais pas que, et te manger la vache, te dévorer à la fin de l'histoire, ça n'empêche ni la beauté ni la joie ni le lien. La vache, je t'aime tant que je te mange.

Pim monte dans sa chambre sous les toits, ouvre la fenêtre et passe la tête à l'extérieur, l'obscurité est étoilée et profonde, l'air vivifiant et embaumé, une odeur de purin, de sous-bois et de crème, la nuit et le froid ne sont pas ceux des frigos métalliques et des hommes en blanc sous les néons. C'est la campagne immense, le givre qui forme une croûte pâle, des brumes matinales en apesanteur sur les prés.

La première nuit est courte, le sommeil agité sous les combles. Le lit métallique qui grince, les draps de gros lin rêche, la course folle et légère des mulots le long des poutres, la lune qui transperce les voilages, le parquet sonore comme une cale de bateau au large, les bruits de la campagne, de la vie qui bourdonne à ras de terre et dans les branches, une chouette et une musaraigne, le vent, il va falloir s'habituer.

À 6 h on trempe ses biscuits secs dans un bol de café, la radio branchée sur les infos matinales, puis on enfile sa combinaison de travail, bottes, bonnet de laine, veste molletonnée, l'éleveur ouvre la marche dans le noir.

Pim suit, le cœur serré par une main invisible, c'est le trac, l'émotion, le calme des lieux, un silence épais juste troublé par la respiration forte des bêtes, les nuages de vapeur qu'expirent des naseaux phosphorescents dans l'obscurité. C'est l'heure de la première traite, Pim va apprendre à manipuler la machine à traire, à fixer délicatement les gobelets trayeurs sur les pis des vaches, sans blesser les trayons doux comme du satin. Les trayons qui ne se mangent pas et pourtant si appétissants, d'un rose moelleux. Pim le carnivore mordrait bien dedans, il les découperait en fines rondelles, rêve de mamelles en vitrine, mais cette viande-là pisse le lait pas le sang.

L'éleveur inspecte les cornes douloureuses d'une de ses bêtes. Elles ont poussé en vrille, vers le bas, et rentrent maintenant dans la tête de l'animal, juste au-dessus de ses yeux, à la base du front. Il sort de sa poche un fil à scier et attaque les cornes dans un mouvement énergique de va-et-vient. Pim tient la tête de la vache avec appréhension (c'est la première fois qu'il manipule une tête de vache vivante) pendant que l'éleveur coupe. Les bouts en pointe se détachent, laissant apparaître la chair à vif, la vache se dégage de l'emprise de Pim.

L'odeur dense et aromatique des bêtes réchauffe l'atmosphère. Elles sont dans la paille jusqu'aux genoux quand dehors c'est la boue épaisse, les flaques et le brouillard. L'éleveur tend à Pim une pelle à bouse, la fourche à fumier, *il faut étaler la paille en évitant les coups de queue au visage. Tu ficelles la queue comme ça à sa patte arrière pour pas qu'elle fouette l'air.*

Des dizaines de croupes bombées et musclées qu'on aimerait flatter sont alignées au cordeau, têtes baissées vers les auges, les museaux actionnent le levier de l'abreuvoir automatique, les naseaux plongent dans l'eau fraîche, il y en a une qui aspire en quelques secondes une douzaine de litres sans baver. Pim les écoute mastiquer, ruminer avec détachement, régurgiter le foin prémâché et stocké dans leurs panses chaudes, les vaches sont des machines à digérer la nature, les prés sont disséqués et le lait coule au goût d'herbage poivré, bientôt la viande persillée. Pim s'enivre de ces odeurs qui s'épanchent en lui comme une liqueur, il inspire profondément, bercé par le son régulier de la mastication et du souffle, le bruit de la paille sous les sabots impatients, les grognements d'aise et les soupirs de lassitude des bêtes aux mamelles maintenant flanquées de la machine à traire qui pompe et ronronne comme un veau mécanique. Le liquide lacté jaillit dans le tuyau comme un sang blanchi et aveuglant, souvenir de cochon qu'on égorge, mais tout est couleur de neige, couleur de nuage et de chaux. Pim voudrait goûter le liquide qui remplit les cuves, aspirer le lait crémeux et âcre, le sentir, lourd, descendre dans son corps et tapisser son estomac d'une couche de mousse grasse. Il se sent plein d'affection pour ces bêtes, ces bêtes grosses de viande, promesses d'abondance.

La veille, dans la cuisine éclairée aux néons, l'éleveur a mis Pim en garde contre la tendresse. *Les bêtes faut pas les aimer de trop sinon on est foutu. C'est pas un animal de compagnie. C'est compliqué parce que c'est pas une chose mais c'est pas une personne non plus. Si on s'attache après c'est trop dur de les voir partir à l'abattoir. Un poulet à la rigueur ça va, on peut faire du sentiment, ce sera pas trop déchirant, mais une vache. Le problème bien sûr c'est qu'on est plus sentimental avec une vache qu'avec une poule.* Parce que la vache nous ressemble : ses yeux noirs profonds, ourlés de cils, qui nous regardent. Les cils nous rapprochent, longs et retroussés, ils nous troublent et nous bouleversent.

Les yeux en tête d'épingle et sans vie des poules ne nous évoquent rien et ne nous regardent pas. Les poules n'ont pas de cils, leurs yeux sont ronds et fixes, elles sont idiotes, vous avez vu leur démarche ? Et leur chair est blanche. Pas de sang, pas de cils, pas de sentiment.

Les serpents, les mouches, les taupes n'ont pas de cils, alors on ne les aime pas, on ne les approche pas, on ne les caresse pas.

Mais Pim n'a pas peur de la tendresse, il en a déjà, il en a pour les steaks.

Il est maintenant seul avec les vaches, l'éleveur l'a laissé afin qu'il s'acclimate. Il s'allonge dans la paille fraîche, aux pieds d'une bête paisible occupée à manger, puis pivote pour se placer entre ses deux pattes arrière, sa tête vers la tête de l'animal, en poussant sur ses jambes il se retrouve sous le ventre gonflé, démesuré et blanc — si elle s'affalait Pim serait broyé, aplati. La vache se nomme Culotte, elle mesure 1,50 m au garrot et pèse 800 kg. Sa robe blanche est mouchetée de brun, le tour des yeux et du mufle est coloré, son museau est court, son front large et déprimé entre les deux yeux. Son pelage est un peu plus épais au cou et aux attaches.

Sous la vache comme sous la voûte étoilée, mains croisées derrière la tête, brin de paille mâchouillé, Pim fait l'inventaire des tâches qui l'attendent : traire, étriller les bêtes, leur nettoyer la queue, ôter la bouse, soigner les pieds, limer les sabots, décrotter les pattes. Il faudra peut-être assister le vétérinaire les nuits de vêlage, tirer sur le veau, le frotter avec de la paille, le nourrir au biberon. Il faudra soigner, veiller et leur tirer un maximum de calcium du bas-ventre. Quand tout le monde aura bien travaillé il faudra donner la vache à tuer parce qu'elle est née viande.

Culotte se met à pisser bruyamment, le jet d'urine éclabousse Pim et le tire de sa rêverie. Il est à quatre pattes dans la paille, toujours sous la bête qui d'un coup de patte retenu et feutré dégage l'intrus. Pim roule sur le côté, se relève, puis la vache tourne la tête vers l'homme et le regarde. Ses yeux pochés, ses longs cils comme des plumes et ses yeux charbon.

Pim n'a jamais regardé une vache dans les yeux. Il ne connaît que les têtes de veau aux paupières closes et blafardes, à la pupille morte. Les vaches il ne les connaît qu'en troupeau. Passant sur les chemins qui bordent les prés, on les croise souvent. Elles tournent leurs lourdes têtes vers nous et ne nous quittent plus du regard jusqu'à ce qu'on ait disparu au bout de la route. Elles attendent toujours qu'on ait quitté leur champ de vision pour reprendre le cours de leur vie ruminante.

Pim fait un pas de côté, les yeux de Culotte suivent le mouvement, ses immenses pupilles brillantes fichées dans celles de Pim comme des flèches empoisonnées.

L'éleveur l'a dit, il faut prendre le temps de regarder les bêtes, les observer, pour apprendre bien sûr mais pour le plaisir aussi, et pour la bizarrerie.

Mais ce matin à l'étable ce n'est pas Pim qui regarde la vache, c'est l'inverse. Il est regardé, elle a l'ascendant, elle a pris le pouvoir, la bête immobile ne lâche pas, paupières fixes. Ils sont maintenant face à face, Pim ayant pivoté très doucement pour se placer dos à l'auge, dans l'axe de l'animal. Intimidé et confus c'est lui qui baisse les yeux puis les relève espérant que la vache soit passée à autre chose, qu'elle ait changé d'obsession, de cible, mais leurs regards se croisent à nouveau et c'est un mélange d'étonnement et de malaise.

Tu as l'avantage la vache, tu sais que je suis nouveau ici, tu veux me tester c'est ça ? Culotte garde le silence, ses naseaux frissonnent sous l'effet soutenu de sa respiration, sinon rien ne bouge. De minuscules cumulus s'échappent de son mufle luisant, Pim calque le rythme de sa respiration sur celui de l'animal. Si c'est un duel Pim n'est pas assuré de gagner.

Il ferme les yeux, inspire, se concentre et serre les poings, bloque sa mâchoire, fait le sorcier, le chaman, convoque les esprits animaux, se prend pour une vache et vrille. Il mobilise les gènes en commun, son ventre se gonfle et s'arrondit, son nez enfle et s'humidifie, son visage s'aplatit, sa peau se couvre d'un pelage ras, des cornes poussent, transpercent la peau du front, ses oreilles s'élargissent, Pim tombe à quatre pattes. La métamorphose ne dure qu'un instant et Pim reprend forme humaine alors qu'il ouvre à nouveau les yeux, que l'énigme de la vache n'est pas résolue et que ses illuminations se dissipent.

Le duel reprend, Pim se raidit, ses membres s'ankylosent, mais il ne tente plus un geste. Culotte, insondable, maintient la pression de ce regard sans fond. Dans la tête de Pim les hypothèses roulent, mille questions lui chauffent les tempes tandis que Culotte lit dans ses pensées, Culotte sait tout, voit tout. La vache voit à trois cent soixante degrés ou presque. Rien ne lui échappe, elle sait que la terre est ronde et elle voit venir, impossible de la surprendre.

Elle a des yeux derrière la tête et sur les côtés, elle balaye les environs et avec ces yeux elle voit à l'intérieur de Pim, de haut en bas et en diagonale, elle fait le tour de Pim, elle voit son désarroi, ça l'amuse la vache de jouer comme ça avec les nerfs de Pim, elle voit son cœur qui bat la chamade, ses entrailles qui palpitent et les larmes stockées derrière ses yeux, prêtes à jaillir.

Mais qu'est-ce que tu regardes comme ça ? Il semblerait que la vache ait maintenant baissé les yeux à hauteur de la braguette de Pim et qu'elle fixe avec insistance son entrejambe. Il esquisse un geste de pudeur. *Mais t'es une obsédée la vache. Tu mates ?* Pim ne décode toujours pas ce regard : moquerie, étonnement, accusation, comment savoir ?

Que se passe-t-il dans cette grosse tête la vache ? Quelles idées tournes-tu dans ton crâne épais ? Des projets de révolte stabulaire, une évasion, une vengeance ? Ou veux-tu devenir mon amie ? Je crois que si tu parlais tu m'engueulerais. Il ne te manque que la parole mais il te la manque complètement.

Il ne te manque que la parole mais elle te manque totalement la vache — Pim a haussé la voix, Culotte a bougé, ça y est il reprend la main, elle détourne la tête, vexée, boudeuse, et la plonge à nouveau vers la nourriture, son refuge.

Pim quitte les lieux à reculons et vient s'échouer sur un petit tabouret de traite oublié à la porte de l'étable.

Histoire du cochon tueur

C'est un cochon irascible, lunatique et brutal. À la naissance il est le seul survivant d'une portée de six. Sa mère, truie prise de démence, dévore ses cinq frères et sœurs sous ses yeux. Il attend son tour, ayant renoncé à la vie d'autant plus facilement qu'il n'aura connu qu'un instant cette réalité opaque qu'on appelle l'existence, mais la truie n'en voulut pas. Ce n'est pas qu'elle l'épargne, c'est que son désintérêt, son mépris pour ce porcelet sont tels qu'elle ne le juge même pas bon à bouffer. Ce cochon est mal parti dans la vie.

Le paysan, après avoir tué la mère d'un coup de massue à l'arrière de la tête, décide de garder le petit porc et de l'engraisser.

Un matin, alors que le cochon devenu grand vagabonde dans les rues du village, à la recherche de détritus, un garçon de quatre ans vient à passer, le dernier fils d'une famille fortunée du village. L'animal se jette sur l'enfant, lui dévore les oreilles et s'enfuit. Le jeune garçon ne survivra pas à ses blessures.

Tous les paysans du village sont réquisitionnés, on organise une battue dans la campagne alentour, on finit par identifier les empreintes de l'animal sur le chemin boueux d'un sous-bois, on le traque, on le retrouve et on l'appréhende. L'animal est ligoté puis transporté dans une brouette jusqu'au village. On le met au cachot, enfermé selon le régime réglementaire, c'est-à-dire paille, eau et pain.

Un avocat lui est commis d'office. Il a la lourde responsabilité d'expliquer son acte barbare, de lui trouver des circonstances atténuantes. L'infanticide originel suffira-t-il à obtenir la clémence des juges ? Le mauvais caractère de cet animal est connu de tous, on le sait impulsif et versatile. Le propriétaire, interrogé, ne peut que confirmer cette réputation.

Le cochon reste enfermé trois semaines. Il cohabite avec les rats dans l'humidité rance de sa prison. Sa paille n'est jamais changée, le pain sec lui donne des aigreurs d'estomac, la lumière du jour filtre à peine à travers une lucarne encrassée. Trois semaines, c'est le temps nécessaire pour établir la culpabilité du cochon.

Le procureur le visite plusieurs fois pendant sa détention, espérant obtenir des aveux, mais le cochon garde obstinément le silence. On le met à la torture mais rien n'y fait. Les tenailles brûlantes fixées de chaque côté de sa tête ne lui arrachent que des grognements de douleur.

Le jour du procès, tout le village se presse dans la salle d'audience. Le porc se tient à quatre pattes dans le box des accusés. Il est vêtu d'une culotte bouffante grisâtre et d'une veste de grosse toile trouée. Le procureur s'adresse au cochon : *Lève-toi cochon ! tout le monde ici connaît ton esprit fruste et tes manières barbares. Malheureusement ce crime était prévisible. Qu'as-tu à dire pour ta défense ?* Silence têtu du cochon dont les grouics inaudibles ne sont pas considérés comme des éléments de réponse.

Comme prévu, les arguments de l'avocat, invoquant une

enfance difficile marquée par un traumatisme indélébile, n'ont pas convaincu.

Lecture est faite des actes d'accusation et de condamnation : le porc homicide est condamné à être pendu.

L'exécution doit avoir lieu dès le lendemain et tout le village est invité à y assister. Les paysans sont priés de venir accompagnés de leurs bêtes afin que celles-ci soient instruites de ce qui les attend si elles venaient à commettre pareil crime. Le cochon sera pendu pour l'exemple.

À midi, l'animal est amené sur l'échafaud. Le propriétaire, condamné lui aussi à verser des dommages et intérêts à la famille, voit s'envoler une importante source de revenus. En effet, le cochon était bientôt destiné à la saignée et à la vente.

Vêtue du même costume douteux qu'à son procès, la bête honnie est présentée à la foule. Le bourreau lui fend d'abord le groin d'un coup de hache inattendu puis le couvre d'un masque à visage humain. Le porc est ensuite pendu par le cou. Mais l'épaisseur des muscles et de la graisse le protège de l'étouffement, la corde glisse sur cette armure de chair. L'animal est finalement suspendu par les pattes arrière, assommé, puis égorgé. La foule applaudit à tout rompre, les chapeaux volent. Les quelques cochons présents, blêmes et tétanisés, jettent des regards de détresse à leurs propriétaires insensibles, tandis que les poules, les chevaux et les lapins détournent pudiquement les yeux.

À la ferme les jours passent qui sont des saisons — pluie, ciel rose, nuages étirés sur l'horizon, soleil mouillé et bocage souple, vert aveuglant —, les jours se succèdent au rythme des traites et la répétition des tâches — étable à nettoyer, fourrage à disperser — n'est pas monotone mais douce et réconfortante. Pim travaille avec application, dévoué au travail de vacher comme il l'est à celui de boucher. Pim prend toutes les formes, épouse tous les reliefs, tout lui convient, tout lui plaît, tout l'embrase, mettez-lui un outil entre les mains, un couteau à dénerver ou une fourche et voyez son ardeur, voyez comme il jubile, d'une folie contenue cependant, en sourdine, uniquement trahie par la répétition galvanisante de ses actes. Pim est un jeune homme opaque, une mer tranquille, Pim est un homme d'action, une somme de gestes. Si quelque chose vient des profondeurs ce sont les larmes et rien d'autre. Si quelque chose affleure, éclate, transforme son visage, ce sont ces larmes illisibles mais concrètes.

Il s'habitue à la chambre sous les toits qui grincent, s'y

coule le soir, fourbu et apaisé, dort comme une souche jusqu'à la première traite de l'aube. Pim et l'éleveur cohabitent dans leurs solitudes respectives, leur labeur partagé et leur confiance réciproque. Les repas sont pris en commun sur la grande table étroite, on fait le point sur la santé du troupeau, la couleur du ciel, la crise céréalière, les tarifs du vétérinaire ou les normes européennes, leurs voix couvrant parfois celle du journal télévisé qui filtre d'un vieux poste posé sur le buffet.

Le repas du soir est suivi d'une promenade digestive et silencieuse, à contempler la Grande Ourse avec dans la bouche le goût râpeux et tenace de l'alcool de pomme.

Pim se concentre sur les vaches comme il le fait sur la chair à découper, Pim ne fait qu'une chose à la fois, une seule chose de sa vie et aujourd'hui ce sont les vaches qui réclament du temps et du dévouement, aujourd'hui rien n'est plus important que les bêtes, aujourd'hui il s'abîme joyeusement dans l'existence des autres, fussent-ils des animaux.

Culotte surtout, la favorite, l'élue, l'amie désormais après avoir été l'inquisitrice. Quand Pim entre dans l'étable, il l'appelle d'abord, elle se lève, le reconnaît, lui parle. Elle fait des bruits, souffle, meugle, gratte, elle dit des choses qui sonnent comme une forme de contentement, ça donne des sons aigus et traînants. Pim s'approche, la vache renifle ses vêtements puis son visage, sa grosse tête collée au visage anguleux de Pim, son haleine de foin. Pim ferme les yeux, il en profite, attend le coup de langue vigoureux, la langue épaisse et râpeuse qui remonte du menton au front puis descend du front au menton. Pim tend la main, Culotte recule légèrement, se couche dans sa logette, il s'assied près d'elle, lui caresse la tête, frotte le poil derrière l'oreille, elle se laisse faire, ses yeux de pétrole toujours dans ceux de Pim mais cette fois sans animosité. La voisine d'étable regarde la scène puis regarde en l'air, on dirait qu'elle attend que ça se passe toute cette intimité. Pim attrape la tête de Culotte au creux de ses bras, l'attire doucement, il pose alors sa tête contre le front de la vache, cette fois il l'enlace, caresse sa joue au poil chaud et rude, ça dure, il pense à la viande.

Avant que Culotte aille au pré, qu'elle retrouve l'air libre et le sol vert, le décor frais du bocage — on la verra paître au loin, les enfants se colleront aux vitres des voitures pour la montrer du doigt en s'exclamant —, Pim la prépare, il étrille le pelage durci par l'étable, frotte longuement les cornes avec un chiffon huilé, gratte les résidus de terre pour qu'elles retrouvent l'éclat des défenses de l'éléphant blanc baigné dans l'eau du Gange. Il lui suspendrait bien des perles de verre aux oreilles, un anneau d'or dans les naseaux, il la tatouerait de motifs mystiques aux flancs, d'arabesques colorées entre les deux yeux. Il décrotte la queue et les sabots puis tond la vache, commence par les pattes, remonte sous le ventre, sur le dos, le long de la colonne vertébrale puis autour de la racine de la queue, il passe enfin la tondeuse autour des pis avec délicatesse. Ça bouloche un peu sur le ventre, le poil est désormais ras et homogène. Les larmes roulent avant de se perdre dans les sillons des joues, cela fait longtemps que Pim n'essuie plus ses pleurs, on n'en finirait pas, il attend que ça sèche, que ça s'évapore, que la peau picote et tire. Pim a des larmes comme on respire du pollen aux premiers jours du printemps : les yeux piquent et se veinent de minuscules vaisseaux rouges, ça éclate et ça dégouline, déflagrations liquides, pupilles comme des volcans en éruption. Il contemple la vache, la tête, les yeux, le mufle, les naseaux, puis le corps puissant et galbé, les taches sombres sur la robe blanche, la chaleur épaisse, il la palpe, son estomac plein d'une bouillie d'herbe mâchée. Chez la vache tout est paisible, tout est lent, chaque mouvement de son métabolisme à la fois économe et productif semble calculé, une existence patiente et lourde. La vache vit le plus souvent immobile, elle se retient, elle attend, disponible et placide, puis se dégonfle d'un coup comme une outre qu'on aurait percée et ça donne des yaourts et plus tard un rosbeef. Ça fait quoi d'être une vache? rien si ce n'est les saisons, la nourriture, la main de l'homme sur ses pis et sa gorge.

Si on ouvrait le crâne plat de la vache, si Pim la trépanait délicatement avec un fil à couper le beurre, puis se glissait à l'intérieur de la boîte crânienne, se faufilant entre la cervelle et l'œil, voilà ce qu'il y verrait, logé derrière la pupille de la bête, son œil d'homme collé contre celui de la vache : il aurait une vision du monde, il pourrait regarder ses semblables à travers un œil de bœuf qui arrondit la réalité, il ne verrait plus que leurs gestes, leurs démarches, existences humaines passées au tamis, il n'entendrait plus que leurs intonations, il ne sentirait plus que leurs odeurs, il saisirait la bienveillance ou la brutalité. Pim ne verrait plus que des silhouettes d'éleveurs, de laitiers, de vachers, de vétérinaires et de marchands qui espèrent leur fortune. Et derrière ces silhouettes, fondue dans l'horizon, il verrait la masse affamée qui piaille et qu'il faut nourrir. Pim a vu ce que voit la vache, Pim est peut-être un ange qui parle aux vaches normandes, un saint qui bénit la viande, un mage de la découpe, ou un illuminé du bocage. Il visite les alvéoles du temps, il se souvient avoir dessiné une vache sur les parois d'une caverne avec le sang de l'animal sacrifié, il se souvient qu'elle fut sacrée et immolée, priée, vénérée et transformée en or. Il se souvient l'avoir domestiquée, lui avoir scié les cornes pour les clouer au-dessus de la cheminée, l'avoir dépecée pour s'en faire un manteau de peau, l'avoir marquée au fer rouge, l'avoir enfin rôtie au feu. La vache tu es attachante, tu m'as bien servi et maintenant tu me reconnais.

Il faut aimer les bêtes, pas nécessairement les animaux domestiques, chiens et chats, pas forcément les bêtes sauvages, hyènes ou lions, mais les animaux familiers, les apprivoisés, les rentables. Pim sait déjà qu'il mourra comme une bête, il sait qu'au moment d'en finir il rejoindra les porcs dans leur fange. On sait rarement comment mourir, les animaux savent, il n'y a qu'à les regarder et faire comme eux. Ils se trouvent un endroit, un petit coin, et ils attendent discrètement, ils contrôlent leur respiration, comptent les minutes, parfois les heures, s'efforcent de ne pas trop déranger, de ne pas trop se faire remarquer, ils ne poussent aucun cri. Les bêtes sont exemplaires quand elles meurent mais elles ne le savent pas.

Il faut aimer les bêtes qui nous apprennent à mourir puisque nous mourrons tous de la même mort, il n'y aura pas de quartiers, elles nous disent qu'il n'y a pas d'échappatoire, pour elles comme pour nous, c'est la même carcasse à l'arrivée. Elles nous apprennent aussi à vivre, avec excès puisque la bête est la fièvre de l'homme : nous souffrons comme des bêtes, nous sommes de grosses côtes de bœuf saignantes, nos corps nous échappent, nous glissent entre les doigts, les doigts de la conscience.

L'éleveur écoute à la porte de l'étable, il écoute Pim qui parle aux animaux. Tous les éleveurs parlent à leurs vaches, mais Pim c'est différent, il fait la conversation à la vache, il ne se contente pas de donner des ordres, de rassurer, de féliciter ou d'encourager, il s'inclut, il dit nous, il dit toi et moi, il va très loin, il marche vers la vache, ouvre grands les bras, à la largeur du messie sur sa croix, il dit *toi et moi nos destins sont liés, je te découperai avec respect et application, tu seras bien traitée tu verras car je suis billot man.*

Il caresse méthodiquement l'animal, sa main fait le tour de la vache, sang qui tambourine dans les veines, veines qui courent sous la peau immense, la chair il l'imagine, Pim parcourt le corps de l'animal comme le corps de la fille allongée, la joue d'abord puis le collier, les basses côtes, il descend vers le paleron, la macreuse, remonte vers l'entrecôte et le rumsteck, et descend à nouveau vers l'onglet, puis le long de la patte — plat de tranche, rond de tranche, mouvant —, sa main termine sa course au cul de la vache — rond de gîte.

Le contact de leurs deux peaux, sa paume sur son flanc, le fait frissonner, ça picote le bas-ventre, ça ramollit les jambes, la tête lui tourne, les sens lui tournent, les larmes encore, cette fois qui coulent sur la robe de l'animal, dissoutes par les poils comme par un tissu gore-tex, mais la vache ne sent rien, rumine avec indifférence, il lui faudrait au moins un seau de larmes sur la tête pour réagir.

Après un mois de stage Pim a bruni au grand air, ses bras ont légèrement épaissi, sa poitrine s'est bombée sous l'effet quotidien des travaux de force — seaux à porter, foins, course, pelage à étriller, pelle et fourche.

Après un mois de stage Pim a vu les bêtes de près, a observé leurs panses gonfler et se couvrir de gras, leurs yeux brillants et prometteurs. Il a senti l'odeur fertile des pâturages qui s'infiltre dans les plis des muscles et attendrit les nerfs.

Pim a fait son retour aux bêtes et il est temps de rebrousser chemin, de dégringoler la chaîne de la viande, de quitter l'étable pour retrouver la chambre froide, de reprendre sa place en bout de parcours.

Paru dans l'édition locale de *Ouest-France* sur un quart de page. Une photo noir et blanc représente Pim de profil, l'air soucieux, penché sur un morceau de bœuf, couteau prêt à entailler la chair. La légende mentionne : « Pim de Ploufragan, meilleur apprenti boucher des Côtes-d'Armor ».

La salle de découpage de la boucherie Sanzot de Paimpol a été transformée, ce mercredi, en salle d'examen. Cinq jeunes apprentis concouraient pour le titre de meilleur apprenti boucher des Côtes-d'Armor. Les candidats avaient trois heures pour préparer une cuisse de bœuf, une épaule d'agneau et une épaule de veau. L'examinateur n'était autre que Léandre Le Tallec, trésorier du syndicat de la profession et boucher à Paimpol. Habileté d'exécution au niveau du désossage et du parage, manipulation et présentation du produit fini sont les critères exigés, explique Léandre Le Tallec, qui souligne le grand retour des métiers artisanaux, longtemps considérés comme peu valorisants.

Après avoir remporté le prix du meilleur apprenti boucher des Côtes-d'Armor, Pim participera au championnat de Bretagne à Bruz près de Rennes. Et s'il décroche une des quatre premières places, ce sera le national en juin, dans l'Eure.

II

Il voyagea, quitta la Bretagne.

Il connut la mélancolie des grossistes au petit matin, les froids réveils des frigos à viande, l'étourdissement du travail et du hachoir, l'amertume du sang au goût de mercure.

Il vint ouvrir sa boucherie à Paris.

Ville mondiale de la viande, là où l'art de la présentation est un sacerdoce, où la coupe réglementaire est la plus subtile, beaucoup plus fine et ouvragée que la coupe de base bretonne.

Pim a rallié Paris en homme têtu, solitaire et précis.

Il n'y a plus que ça. La boucherie occupe désormais tout l'espace, contamine une vie sinon vacante, famille et rares amis derrière soi, peu de femmes, peu de distractions, un amour outré du métier, une joie démente, une vocation, une obsession rigoureuse. Pim en soldat de la viande galvanisé par les heures de travail accumulées. Il prospère, l'argent afflue et s'entasse dans un coin de sa vie, vie qui n'est que le temps qui nous est donné.

Pim se consacre exclusivement à l'amélioration continue de sa pratique et de ses connaissances, et maîtrise son sujet. Régulièrement sollicité pour intervenir dans des colloques sur l'avenir de la vache normande, les capacités du poulet de Bresse ou les aptitudes bouchères des broutards, Pim est reconnu pour la qualité de ses communications, pour ses interventions informées et passionnées. Il étudie la blonde d'Aquitaine, ses poils ras et la finesse du grain de sa chair, il disserte sur la pâleur de la charolaise, le roux généreux de la limousine, il rend hommage au porc blanc de l'Ouest, son gras de grande qualité, au cul noir du limousin avec ses reins larges et ses oreilles minces pointant vers l'avant, au porc de Miélan et ses côtes rondes et relevées, dont la faculté à l'engraissement est remarquable et qui donne un lard ferme et savoureux. Il a de l'amitié pour ces bêtes comestibles et dévouées, il admire leur puissance gustative et leur sens du sacrifice. *Nous leur devons beaucoup, notre grande santé et notre survie. Les bêtes savent que la nature ne fait rien en vain dans le vide, elles savent leur utilité et leur destination, nous servir, chair à canon de la race humaine*, clap clap, clap.

Sur le bandeau supérieur de la devanture peint en lettres d'or on peut lire : *Pim Boucherie.*

À l'intérieur, la composition de la vitrine progresse par viandes et par couleurs. Les chairs brillent comme des rivières de diamants. Sur cinq mètres de long, le regard glisse du plus rouge, bœuf vermillon et mouton écarlate, au plus clair, veau rosé ou translucide, volailles, porc blafard. Au bout, dans le virage, reposent les rillettes, chipolatas et jambons secs, le tout agrémenté d'une verdure décorative en plastique. Quelques poulets sont suspendus, leurs misérables petits cous étirés vers le ciel, leur peau flasque et frileuse ornée d'un ruban tricolore.

À l'extrémité du billot une machine à hacher émet un bruit sourd alors que la viande sort en longs fils souples qui viennent s'échouer sur le papier paraffine.

Au sol un fin tapis de sciure garde les empreintes des pas. La poudre de bois absorbe la poussière de graisse en suspension, vapeur de chair projetée par la scie puis retombée comme un nuage de rosée.

Sur le mur qui fait face à la vitrine, des étagères de bois foncé sont couvertes de bocaux de flageolets, purée en flocons, chips, pots de béarnaise, pâtés de campagne et bouteilles de vins de pays. Une lampe à néon bleu capte et grille les mouches, les insectes viennent s'y brûler les ailes dans un délicieux grésillement.

Au mur, des médailles, des plaques et des ardoises vantent l'authenticité, la traçabilité et l'origine contrôlée. Trois portraits de vache encadrés constituent les uniques éléments de décoration : une salers, une aubrac et une charolaise. Elles fixent l'objectif, leurs lourdes cloches de bronze ciselé autour du cou, les pâturages flamboyants au second plan.

Ce matin, Pim se fait livrer pour 5000 euros de bœuf, des carcasses en quart ou en demi. Il est 7 h, le boucher guette le camion, impatient de voir la viande, de la sentir sous sa paume et dans son cœur, une grande inspiration et l'odeur fraîche qui irradie sa poitrine, impatient de l'éplucher avec tendresse, d'enlever la fine pellicule blanche qui recouvre les muscles bosselés, de révéler le rouge profond et lisse, de porter le fil du couteau sur la masse, de faire tomber la bête en rondelles, d'aiguiser son couteau avec emphase, de l'aiguiser si finement qu'il pourrait fendre un cil.

Le camion est là, les hommes en bourgerons sous leurs larges capuches blanches de moines de la viande portent la marchandise sur le dos en soufflant bruyamment.

Pim regarde arriver la viande, une procession. À l'intérieur du boucher germe l'idée saugrenue et douteuse de se déshabiller, de se rouler tout nu dans la bidoche comme dans les vagues blanches d'écume, comme dans l'herbe grasse. Il pourrait s'enfermer dans la chambre froide, se dépoiler, se coller contre la barbaque et se frotter. Son corps sec et tiède transmettant un peu de chaleur à la viande froide ou l'inverse. Mais il y a l'hygiène avec laquelle on ne transige pas, on ne prend pas le risque de contaminer la viande à cause d'un rhume ou d'un herpès.

C'est important d'avoir un bon boucher, plus on vieillit plus le boucher prend de l'importance dans nos vies, pour peu qu'on ait les moyens d'acheter de la viande. On espère les morceaux du boucher, les meilleurs, ceux qu'on va chercher derrière.

La boucherie de Pim ouvre à 7h30 mais il y en a qui tambourinent au rideau de fer avant l'heure, des impatients tombés du lit, il y en a qui sont au gramme près pour leur steak haché individuel et quotidien, il y en a qui voudraient voir la bête en entier avant d'acheter une côte de porc, qui exigent de visiter la chambre froide, d'accéder aux certificats sanitaires. Il y en a que le son du couteau qu'on aiguise irrite à en faire péter l'émail, ils sortent de la boutique en grinçant des dents, avec un rictus de douleur et de reproche, il y en a qui veulent qu'on leur mette de côté, qui achètent les meilleurs morceaux pour leur chat, qui demandent à récupérer les os le soir à la fermeture.

Il y en a une qui achète une cervelle de veau fraîche chaque vendredi. Pim s'approvisionne en cervelle uniquement pour cette jeune femme noueuse aux cheveux cendrés. Parce que les abats ça ne se vend plus, les clients veulent des plats cuisinés, que ça aille vite, que ce soit du tout cuit, mais cette femme singulière tient à sa cervelle hebdomadaire, de la matière grise en sauce pour se maintenir en forme, les sens en éveil, le calcul mental impeccable. Elle croit au transfert de neurones. Mange de la cervelle et tu seras plus intelligente ma fille. Mais le veau est-il malin ? Ne risque-t-elle pas la dégénérescence mentale ? Parce que si je mange du steak le sang va dans mon sang, alors si je mange de la cervelle pourquoi n'irait-elle pas dans mon cerveau ?

Et dans la cervelle du veau il y a toute sa vie, sa jeune et courte vie, comme dans une boîte noire, ses persistances rétiniennes, ses peurs et des couleurs, les saisons, le goût d'un pré et d'une mère. Nous mangeons une matière imprimée, encodée et on ne me fera pas croire que c'est anodin, plus personne ne mange de cervelle, demandez-vous pourquoi. Ce n'est pas une histoire de mode, c'est qu'on a fini par se rendre compte des effets à force, qu'il y avait des transferts irréversibles. Manger de la cervelle de veau c'est devenir veau, retrouver la saveur du lait par exemple. Pour les autres organes c'est différent, c'est sans conséquences sur l'âme. J'en veux pour preuve que nous avons une cervelle, un foie et des pieds comme les bêtes, mais pas de bavette ou de flanchet, il faut en tirer les conclusions qui s'imposent.

Vous faites un drôle de métier monsieur Pim, vous nous exposez aux animaux qui sont radioactifs, nos chairs se mélangent, je le sens bien quand j'avale mon steak, ça tremble à l'intérieur, puis ça se dissout doucement. C'est la bête sauvage qui entre en moi, j'ai l'enzyme qui digère l'élastine, la première viande que j'ai mangée je m'en souviens, j'étais encore perchée sur ma chaise haute et j'avais recraché la chair mâchouillée à la tête de mon père. La première viande que j'ai mangée a scellé ma dépendance aux animaux, je l'ai contractée comme un virus, je mange, je suis une bête carnivore, une belette pygmée, un ours brun, un lion du Kalahari.

D'ailleurs la viande est à la mode : cravates en bacon, dessus de lit 100 % laine en forme de côte de bœuf, papier peint impression steak, c'est le grand retour du cru, vernissage tendance en chambre froide, mannequins photographiées lascives sur des carcasses, première dame de France à Rungis, la bidoche est branchée. Lady Gaga fait sa bouchère excentrique en direct de Los Angeles pour la cérémonie des MTV Music Awards. La chanteuse monte sur scène en tenue intégrale viande crue, deux mille dollars de bidoche sur le dos et une drôle d'odeur : minirobe bœuf décolleté sur rivière de diamants et bas résille, bibi incliné sur chevelure blonde platine — autant dire tournedos sur la tête —, sac à main en chair fraîche et chaussures à plateforme en bavette. La tenue fait scandale. Il n'y a que les femmes pour faire une chose pareille. Parce que les femmes savent que nous sommes en viande, elles le savent mieux que personne.

Les femmes et Pim le boucher, qui a encadré aux côtés de ses vaches une photo de Lady Gaga en chair. Des posters de femmes nues dans les cabines de routiers, une chanteuse couverte de steaks au-dessus de la caisse.

Le mardi Pim va à Rungis et c'est une joie chaque semaine de monter dans la fourgonnette blanche au cœur de la nuit, une joie redoublée l'hiver quand le givre se dépose et que l'air est cinglant. Il est 4 h, alors que Pim roule vers le plus grand marché de produits frais d'Europe, les camions des abattoirs quittent Rungis après y avoir déchargé leurs marchandises. À 4 h on fignole encore la découpe, on débite en morceaux plus petits, on détaille des carcasses entières pour les faire entrer dans les véhicules utilitaires, dans la Peugeot de Pim dont la caisse isotherme peut contenir jusqu'à 700 kg de viande.

4 h 30, les premiers embouteillages se forment au péage de Rungis, les véhicules patientent en file, ralentis par les contrôles de douanes, puis c'est le site immense qui envahit l'horizon, les hangars à perte de vue, la ronde des camions sous les halos faiblards des lampadaires, les estafettes, les voitures frigorifiques et les chariots. Une vingtaine de bistrots, posés entre les hangars, dépotent 24 h sur 24, on y vient de Paris aux heures les plus creuses pour une entre-

côte qui n'a pas fait trente mètres avant d'atterrir dans l'assiette, saignante avec beurre maître d'hôtel et frites au couteau ; gens du spectacle et chevillards côte à côte sur les banquettes, c'est un film noir et blanc, le flipper est en rade et le ballon de rouge à 1,50.

Pim passe la criée, les pavillons aux fleurs, les fruits et légumes où l'on circule à vélo le long d'interminables allées ceinturées d'un anneau de froid. Il se gare devant le pavillon de la triperie, à côté d'une porsche noire, passe à la pissotière qui empeste l'ammoniaque et l'urine, pisse en pleurant — ce matin ce sont de minuscules larmes à température ambiante —, enfile une blouse brodée Française de viandes et sa casquette, se frotte les mains à l'une des fontaines extérieures, s'engage dans la halle aux tripes, le cinquième quartier.

Pim se fournit exclusivement chez Prodal (premier stand en entrant sur la gauche). C'est là qu'il retrouve ses seuls compagnons, ses seules fréquentations du moins, un monde d'hommes aux amitiés nouées sans manières dans le froid et la nuit, d'hommes en blanc maculés de sang, engoncés dans d'épaisses polaires sous leurs blouses, affables, enjoués et prompts au commerce.

Pim inspecte les ris de veau et d'agneau, évalue leur texture délicate et anticipe leur saveur. Un vendeur dépose dans sa main deux grosses glandes blanches arrachées à la gorge d'une jeune bête. Ils sont bien fermes, d'un blanc nacré subtilement rosé, gonflés et humides, ils sont parfaits. Puis il soupèse les testicules d'agneau, veinés de bleu, vendus par sachets de 30, et hésite. Il y a les foies aussi, magnifiques et immenses, comme des méduses écarlates. Ils gouttent, entassés sur des grilles, brillants comme du vinyle, lisses et doux, on se voit dedans. Foies de veau ou de génisses, roses ou grenat, aux côtés des rognons couleur de velours pourpre, jetés en vrac dans des bacs de plastique jaune, seaux de caillettes au pied de fressures suspendues, et c'est comme si les cœurs battaient encore tant ils sont tendus et sans accroc. Pim voudrait tout acheter, tout posséder, tout embrasser, ces textures si délicates, ces infinies nuances de rouges, les langues alignées aux crochets, les joues de porc, les monticules de pieds d'agneau (mais qui mange encore des pieds paquets qui doivent mijoter au moins huit heures avant d'être comestibles ?). Une panse de vache gît dans un seau, bonnet et caillette, comme une couverture râpée, piquée d'alvéoles caoutchouteuses. Au bout du hangar, les têtes de veau crochetées, d'un rose tendre et romantique. Alignées par dizaines, leur peau est ridée autour des yeux, leurs paupières mi-closes laissent apparaître une pupille bleu profond, narquoise. La tête est constellée de points rouges à hauteur des sourcils et sur le museau, le front est marqué d'une perforation écarlate.

À 5 h 30, Pim quitte le pavillon tripier pour celui de la viande de boucherie, il visitera tous les secteurs, veau, bœuf, mouton, mais se rend d'abord au quartier porcin. La petite chaîne du porc tourne à plein régime pour traiter

600 bêtes avant l'aube. De part et d'autre du tapis roulant une dizaine d'ouvriers débitent les demi-carcasses en cadence, 4 mn par bête, l'un les pattes, un autre les oreilles, la tête, le jarret, la bête progresse sur son tapis, mise en pièces, méconnaissable en bout de chaîne. Le bruit des scies électriques masque la cacophonie des affaires. Pim cherche à acheter un arrière de porc au meilleur prix, un gros cul sectionné à hauteur des hanches.

Le pavillon des viandes de boucherie est le plus vaste. Le long d'une allée centrale de cent quatre-vingt mètres, les carcasses s'étendent à perte de vue, alignées comme dans un immense parking réfrigéré. Le plafond est maillé de rails mobiles auxquels sont suspendues les viandes, par grappes. Des centaines d'hommes commercent autour de demi-vaches étiquetées et d'étagères de côtes de bœuf. Ils circulent au milieu de cet immense étalage de muscles, font glisser les carcasses le long des rails, actionnent les bras mécaniques sur le quai de chargement des camions. Des manutentionnaires poussent les chariots jusqu'aux véhicules utilitaires, portent cartons et bêtes écorchées à l'épaule.

Pim se faufile, slalome à l'intérieur de cette foule industrieuse et pressée, il jette de rapides et avisés coups d'œil aux carcasses, regard de dédain pour celles dont les os sont trop fins, celles que dissimulaient des vaches bodybuildées aux culs proéminents, des bêtes rutilantes aux muscles parfaitement dessinés mais à la chair sans saveur, pleine de flotte, de la vache laitière industrielle qui pisse du lait toute sa vie comme une forcenée puis finit à l'abattoir, cette viande fatiguée qui nous nourrit — fast-food, plats cuisinés et grandes surfaces. Pim l'exigeant, le raffiné, l'obsessionnel, ne veut pas entendre parler de vaches de réforme abattues à deux ans, de bêtes engraissées en 200 jours aux résidus de maïs et à la pulpe de betterave, à l'hyperprotéiné, à l'hormone de croissance et aux antibiotiques. Il exige de la vache à herbe qui a pâturé, de la bonne bête arrivée à maturité en prenant son temps, de la grosse qui s'est prélassée, il veut des étendues vertes sur les hauteurs de l'Aubrac, du pâturage gras à 100 m d'altitude, il se rêve en blouse de chanvre et godillots arpentant le marché aux bestiaux sur la place du village, négociant la bête de concours à 3000 euros et 450 kg poids carcasse, main sur l'épaule et alcool de Salers cul sec, il se voit monter le petit chemin rocailleux qui mène à l'éleveur, celui qui lui a fini sa vache à l'ancienne et qui regarde maintenant partir la bête qu'il a fait naître avec un pincement au cœur — *en 7 ans elle m'aura fait 4 veaux la belle.*

Pim veut de la vache soignée, de la japonaise élevée en Espagne dans un cadre idyllique. Il a vu un reportage à la télé. À l'écran, des bêtes heureuses (bonheur certifié par une voix off), robe soyeuse, cul majestueux, qui tournent leur œil brillant vers la caméra, mâchonnent placidement, abreuvées au vin rouge et nourries aux céréales fraîches. Que du bio produit sur place, à la ferme. Le vin — un litre par jour pour un animal d'une tonne, le matin au réveil, il y en a bien qui boivent de l'Actimel et qui font 60 kg —, c'est pour le tonus. Les céréales sont préparées avec soin, comme on le fait pour les nouveau-nés ou les vieillards :

lavées 3 fois, cuites, écrasées pour que les bêtes digèrent mieux. Leurs litières de paille sont changées chaque semaine afin d'éviter toute odeur nauséabonde. Elles sont 1500 et chacune est traitée individuellement, avec tous les égards.

Mais ce qui rend leur chair particulièrement tendre ce n'est pas la nourriture et l'alcool, c'est la musique. La musique adoucit la viande, surtout la musique classique, et Verdi plutôt que Wagner. Alors les vaches déjeunent en musique, se désaltèrent en musique, chient en musique, grâce aux nombreuses enceintes dispersées dans l'étable dorée et reliées à la platine d'un dj local féru de musique de chambre. Tout ce confort permet que le gras pénètre bien dans les fibres et donne une viande persillée de première classe. Et double le prix du steak.

Le kilo de viande bovine perfusée au pinard et à Vivaldi : 6 euros. Le kilo de vache intensive : 2 euros 50.

2 euros 50 pour une bonne grosse bête greffée de stéroïdes qui grossit deux fois plus vite. Ou 2 euros 50 pour un zébu brésilien élevé sur une immense prairie génétiquement modifiée, sur une herbe vert fluo capable d'accueillir deux fois plus de bétail (le zébu c'est facile à désosser, ça se travaille vite, c'est tendre, sans gras, sans goût aussi, mais ça gagnera tous les marchés vous verrez, ça détrônera nos vaches laitières, parce que le Brésil c'est pas que le foot et les tongs).

Pim s'y résoudra peut-être un jour, comme il se résoudra aux poulets élevés en 40 jours dans l'obscurité et qui ne tiennent plus sur leurs pattes, comme il se convertira aux trois porcs bretons par mètre carré de caillebotis.

Sauf si les carnivores reculent, si les végétariens gagnent du terrain, s'ils sont de plus en plus nombreux ceux qui voient la vache dans leur assiette, non pas une belle entrecôte saignante mais une vache qui les regarde intensément dans le blanc des yeux, regard lourd de reproche et de malheur, regard qui les accompagnera jusqu'à la tombe, qui les poursuivra comme une malédiction. De l'assiette, surgie au milieu des frites, la vache, qui les scrute et les accuse. Ils se lèvent d'un bond et sans demander leur reste, jetant aveuglément un billet de 50 euros sur la nappe à carreaux, quittent le restaurant en courant — on ne les reverra plus.

Il faudrait donc que les végétariens gagnent la bataille mais ce n'est pas parti pour parce que la terre enfle et veut être nourrie, parce que ceux qui ont vécu trop longtemps au pain sec et à l'eau se feraient bien, enfin il est temps, une bonne côte de bœuf.

Alors les experts s'inquiètent, les scientifiques expérimentent, les spécialistes alertent, les bouchers sont invités à des conférences sur l'avenir de la boucherie, le futur de la viande, la chair fraîche de demain. *Mesdames, Messieurs, chers confrères, il faut anticiper la pénurie, prévenir la crise, innover et prospecter, la limousine française est déjà derrière nous !*

Au dernier séminaire de l'Internationale bouchère Pim a suivi un atelier sur la viande synthétique fabriquée en éprouvette. De la chair cultivée par des blouses blanches sans taches de sang. Il fut également question de steak de grenouille fabriqué à partir de biopsies : on cultive du muscle squelettique de batracien, on prélève des cellules et on en fait du steak. Peu convaincu par la qualité de cette viande *in vitro*, Pim s'est ensuite inscrit à un cours sur la viande d'insectes bio — grillons laotiens, coléoptères béninois et criquets hollandais.

Le criquet a cet avantage sur la vache qu'il ne prend pas de place, ne pète pas, ne rejette pas 18 fois son poids en gaz carbonique, ne troue pas inconsidérément la couche d'ozone. Cependant il produit une viande qui craque sous la dent et on peut trouver cela désagréable. De son côté, le coléoptère béninois craque moins et se trouve par millions dans les troncs d'arbres, il suffit de prendre sa pirogue, de s'enfoncer dans la forêt, d'y aller à la machette. Le coléoptère béninois compte autant qu'un steak, il compte même le double d'un poulet puisqu'il contient 40 % de protéines contre 20 % pour le poulet. On les mangera poêlés, au début on aura la fourchette réticente, on fermera les yeux, la consistance nous écœurera, puis on se lancera et on s'y fera très bien, comme on se fait à tout, aux kiwis dans les années 70, à l'euro en 2000. Dans 50 ans, l'entomoculture laotienne nourrira la planète.

La projection d'un documentaire à l'issue du cours devait achever de convaincre les participants. On y voit un boucher limougeaud à bord d'un tuk-tuk sur les rives du Mékong rouler en direction de la ferme d'un certain Yupa Dee, son fournisseur. L'air est chargé, le ciel blanchi à la chaux, le boucher s'éponge constamment le front. La ferme d'insectes de Yupa est au bout d'une longue route au bitume brûlant. L'éleveur possède une centaine de cylindres de béton dans lesquels ils élèvent ses grillons domestiques, ainsi que des charançons rouges et quelques fourmis tisserandes. Il fait goûter au boucher sa dernière récolte, frite ou bouillie, avec un plat de riz. Une bonne dose de calcium, 7 fois plus que pour la même quantité de bœuf, un goût caramélisé et épicé, le boucher en commande 300 kg.

Voilà donc l'avenir de la boucherie : insectes et crapauds au barbecue, en pot-au-feu ou à la plancha. Pim se méfie et en attendant, c'est l'époque qui peut ça, en attendant Pim veut rester chercheur d'or, humaniste de la viande, travail soigné sur matière première irréprochable.

Sans même un regard il passe devant les étalages de viandes sous vide, le catégoriel pour restaurant, le second choix, les vieilles carnes débitées pour faire illusion, les bêtes désossées à l'attention des bouchaillons qui ne savent ni n'ont le temps de découper la viande. Avant de finir en onglet échalotes au bistrot de la gare elles ont fabriqué du camembert Président pendant des années, les mamelles gonflées comme des baudruches.

Pim ne veut que les meilleures carcasses, vendues entières parce que la belle bête n'a pas besoin de se cacher, elle s'exhibe d'un seul tenant.

Le boucher laisse de côté la mauvaise viande couverte de gras, la carcasse au volume ingrat, les quartiers plats et maigres. Il cherche et trouve enfin la viande contrastée, un gras jaune en fine pellicule mêlé à un muscle rose, puis violet profond, pourpre sur les cuisses, et enfin grenat sur le fessier. Une bête veinée de tous les rouges comme un marbre de Rance, mouchetée comme celui de Vérone. Il caresse le filet à l'intérieur des côtes, de la soie, les arrière-trains bombés, les côtes dessinées, les muscles arrondis.

Ce que Pim aime à Rungis c'est moins ce monde d'hommes actifs que celui de bêtes accrochées. Il prend son temps, s'agace de la présence insistante des mandataires, leur babil incessant, leurs mains lourdes sur son épaule, leurs regards qui fouillent la carcasse en même temps que le sien. Il aimerait qu'on le laisse seul, un peu d'intimité avec la viande avant de négocier le prix. Mais à Rungis tout est ouvert, tout est visible, on ne peut pas s'enfermer avec son jarret de bœuf, on ne peut pas s'isoler pour vider les têtes de veau puis jeter les crânes en l'air comme on enverrait son chapeau au ciel dans un accès de liesse.

Pim écarte les côtes, en estime l'épaisseur, sa main plonge au milieu de l'animal, s'enfonce jusqu'au coude, vérifie que le muscle est pâle. Pim termine son inspection par une lecture détaillée de la fiche d'identité, s'agenouille, observe quelques secondes le sang frais qui a goutté sous la carcasse et macule le béton. Du bout de son index il essuie une goutte, le porte à sa bouche, ferme les yeux. Pim, laïque mais la viande est une religion, prie pour qu'on fasse silence, pour que ce hangar qui résonne comme une caisse claire se vide des impies — un moment de grâce. Il se relève, *je te prends quatre agneaux, ça me fera trois jours*, puis hésite devant un cochon de lait éviscéré dont la peau du ventre pend piteusement.

À la sortie du hangar, les grands sacs poubelle des ateliers de découpe débordent de boyasse, chutes de gras, morceaux séchés et noircis. Au spectacle de ces rebuts, Pim repense à cet homme qui racontait comment il avait mangé du gras de mouton au Kirghizistan : le gras refroidit immédiatement dans la bouche, devient écœurant et très pénible à mastiquer.

Des ombres faufilées là sans la tenue blanche réglementaire de Rungis, des silhouettes recroquevillées et furtives récupèrent ces déchets de viande à la va-vite, les fourrent dans des sacs de sport, des cabas, des paniers et des poches trouées, pour les revendre à quelques restaurateurs chinois. Il arrive qu'un mandataire en attrape un à la volée par l'encolure du blouson, il arrive que ce soit un enfant qu'il laissera filer avec une claque sur la nuque et un soupir de lassitude. C'est le grand marché parallèle des déchets et du recyclage, de la douce contrebande, minuscule activité sur l'immensité du site qui turbine. Pim ne veut pas voir ça, baisse les yeux.

Le mardi et le jeudi, quand la benne fait le tour des boucheries, qu'elle vient collecter le gras, le suif et les os pour les brûler à l'extérieur de la ville, Pim ne donne pas tout ce qu'il a. Il en conserve une partie, qu'il jette dans le container vert devant sa boutique. Il sait que dans quelques heures des glaneurs viendront récupérer les lambeaux de chair pour les cuisiner sur un feu artisanal.

Si tu tombais Pim, si tu tombais bien bas, serais-tu le boucher des rogatons ? Aimerais-tu à ce point la viande que tu irais la chercher dans les caniveaux pour la passer à l'eau claire, la faire cuire des heures afin de la rendre inoffensive, l'agrémenter d'une pâte claire parfumée aux épices ? La viande est un trésor, le trésor des bêtes que s'arrachent les hommes. On tuerait pour un morceau de viande, d'ailleurs on tue. On s'entre-tuerait pour un morceau de viande, d'ailleurs le cannibalisme.

Il est 8 h, on marchande encore au pavillon de la volaille, Pim circule entre les palettes et les cartons empilés, les lapins soyeux aux pattes ficelées, les poulets de Bresse enguirlandés, les cailles des Vosges, les poules plumeaux ceintes de rubans roses, les pintades et les faisans. La clameur croisée des acheteurs et des vendeurs monte sous la verrière comme un nuage, c'est l'heure des dernières transactions, l'heure toute proche du réconfort au comptoir. Pim gagne le fond du pavillon jusqu'au Saint Hubert, bistro encaissé dans la halle où tous viennent s'échouer au bout de la nuit, une poche de chaleur, on enlève quelques couches de laine polaire sous les blouses, on ôte les casquettes, on s'agglutine autour du zinc circulaire, on s'alpague. Ce sont des hommes sales et fourbus, aux visages couperosés, aux joues violettes, aux yeux injectés de fatigue, aux nez veinés, à l'énergie en lambeaux, et c'est la ronde des verres qui commencent — *pas plus haut qu'le bord*. Sous l'effet de la condensation les vitres s'opacifient tandis qu'à l'intérieur on fait le bilan des ventes, on prend des nouvelles des études des enfants et de la santé des épouses, et on se plaint des restaurateurs : *y'a qu'à voir comment ils coupent la bavette, dans n'importe quel sens, ils méritent pas mieux que la fin du rumsteak pour en faire du hachis, leurs tartares dégueulasses. Ou le rond de gîte, tiens, je leur laisse aussi, sous vide, bien sanguinolent, prêt à être tranché pour faire du carpaccio à volonté au Bistro romain. Coupé fin ça passe, mais en rosbeef j'te dis pas comment ce serait imbouffable.*

Pim a toujours refusé de manger la viande du Bistro Romain comme il a toujours évité les kebabs, ces sandwichs *aux chutes de viande reconstituée* comme il dit. Pim ne connaît pas le réconfort nocturne de cette chair grillée à la broche, l'odeur grasse du veau, de la dinde et du poulet empilés et réduits en fines lamelles.

Ici c'est sandwich aux tripes et kir cassis, on paye son coup. Pim, qui a déjà bu cinq verres, ne sent pas encore la fatigue s'abattre comme une grêle, l'alcool maintient à distance toute chute de tension, il profite de la torpeur de l'instant, fait durer encore un peu, à l'écart de ses camarades, ses compagnons de viande cependant, qu'il observe avec bienveillance et affection.

Un vendeur ambulant déroule son tapis de feutrine sur le comptoir, dézippe sa valise à roulettes et dispose briquets musicaux, stylos rétractables, badges clignotants et calculatrices de poche.

À 9 h le jour est levé, il faut retraverser les halles froides et maintenant presque désertes, sentir cette fois l'alcool qui fouette les tempes et chauffe les jambes, pousser le chariot de marchandises enroulées dans des bannes, charger l'utilitaire direction la boucherie, une montagne de viande à découper.

Pim fait une halte au pavillon aux fleurs, pour les tulipes, qu'il aime noires, d'un bordeaux épais. Il a son vendeur, celui avec qui il échange : un rôti de bœuf contre quelques bottes de tulipes. À Rungis on troque la viande contre des fleurs.

Avec le temps la peau du boucher se pique de points roses, l'épiderme se colore aux pommettes et dans le creux des joues, le nez moucheté d'un sang pâle, les muqueuses, les poumons tavelés par les émanations de viande. Toute l'année Pim inhale ces effluves de cru, elles tapissent son corps comme une nicotine rouge. Jour après jour, il inspire ces particules vivantes, en suspension dans l'air, qui viennent gonfler ses propres globules rouges, il se fortifie, la viande il n'a pas besoin de la manger, il la respire et la digère en plein cœur, parfois il saigne du nez, un trop-plein.

Avec le temps les mains du boucher enflent et s'arrondissent, faisant disparaître dans l'épaisseur de la chair bombée ongles, phalanges et veines. Ses mains se confondent avec la viande qu'elles manipulent — des mains en viande, indistinctes du rôti ficelé à la vitesse de l'éclair.

Avec le temps Pim reconnaît tous les morceaux, yeux fermés, yeux ouverts aussi, à la couleur : un tournedos grenat, une joue carmin, une bavette écarlate. Mais au toucher plus sûrement encore. Il palpe, caresse, pétrit, suit le mouvement et la trajectoire des nervures, presse la pulpe de son doigt contre la pulpe de la viande, la bavette de l'aloyau et l'œillet sont des viandes longues, c'est facile. Le dessus de côtes, en revanche, donne des viandes serrées. Celle de l'entrecôte est fine et l'aiguillette baronne c'est un cône. Le rond parisien est plus difficile à détecter dans l'obscurité mais Pim ne s'y trompe jamais, il a deux parties, une ronde et une plate avec un nerf au milieu. Plus le grain de la viande est fin, lisse, sans marque quadrillée, plus elle sera savoureuse. La limousine par exemple, grain fin, os fins.

S'il y avait des concours, Pim les gagnerait tous. Il gagnerait contre les bouchers aveugles. Bandeau sur les yeux, public porté à ébullition par les chauffeurs de salle recrutés au syndicat des bouchers, premier prix doté de 10 000 euros avec diplôme sur papier parchemin, mention à l'or fin.

Pim est un homme étanche à la brutalité, sans fiel — la bile des animaux, l'amertume du bœuf —, malgré la tragédie de la boucherie. Vu de l'intérieur de Pim, de l'intérieur du boucher, tout semble joyeux, un sentiment tangible et sans mélange, la joie de se consumer dans le travail, un feu de joie, il a commencé et il ne s'arrêtera pas, il mourra sur scène, le pli est pris, le mouvement hyperbolique, l'effet bientôt boomerang. Les raisons d'un tel engouement sont indémêlables, la chaîne des motivations n'est rien face à la chaîne des actes, ce sont eux qui restent, qui entaillent l'existence, s'accumulent, sédimentent et font une vie.

Pim est un homme décentré, un homme qui ne joue pas le rôle principal de sa propre vie, qui n'occupe qu'une place secondaire dans cette existence qui est pourtant la sienne. La viande tient le premier rôle.

Fin de matinée. De retour de Rungis, Pim est maintenant seul et en silence devant son billot. Mains posées bien à plat comme deux escalopes sur le bois bosselé. Il parle à sa viande comme l'éleveur parle à ses bêtes.

Il se tient voûté, sa main caresse la surface, les dépressions du bois déformé par le travail. Ses pensées disjonctent, les idées dansent et trampolinent, la boucherie est le plus vieux métier du monde, l'avenir sera technologique, dématérialisé et digital, il y aura des voitures volantes et des robots intelligents, mais les bouchers seront toujours là, leurs tabliers sales, leurs cravates et leurs filets mignons.

Il canote d'une pensée à l'autre, perdu dans la contemplation de la longue fente qui accueille sa collection de couteaux.

Devant lui, crochetés et sagement alignés, les morceaux attendent d'être préparés, la viande fraîche caoutchouteuse qu'il faudra faire rassir pour que les muscles se détendent, que les fibres contractées effacent le souvenir de la mort, le souvenir de l'abattoir. Pim détache une belle pièce oxydée, un rouge fumé, la renifle bruyamment, l'étale sur le bois, l'épluche à l'aide d'une grande lame souple, le gras et les nerfs jetés dans un récipient en inox. De la pointe de sa lame il envoie voler les éclats blancs. Il évalue les morceaux durs, les met de côté pour en faire du haché, travaille une hampe, empoigne une petite lame dure pour désosser, suit la courbe de l'os, l'arête, attaque un agneau d'un coup de feuille à hauteur de la dernière vertèbre, puis dégage les manches sur les côtes, détache les côtelettes de la poitrine. Main gauche posée à plat sur l'entrecôte, de la droite il taille dans l'épaisseur, la viande tombe en tranches sur le billot, elle tombe mollement, lentement, fléchit avant de s'affaler dans un son sec et mat. C'est ensuite l'immense lame usée du trancheur, la scie qui coupe les travers de porc, le fusil pour redresser le fil des couteaux, la lame qui gratte, tourne autour de l'os, rafraîchit la chair, plonge et réapparaît comme une couturière avec son aiguille, qui se faufile et glisse sous la couche supérieure noircie — un boucher vaut un danseur.

Deux carcasses d'agneaux attendent à l'extrémité du billot, couchées en chien de fusil, les pattes arrière ficelées. Il y en a que ce spectacle rebute, ils se reconnaissent, ils s'y voient, ils font le rapprochement et alors — vision indélébile — ce sont eux les jambes ligotées sur l'établi, prêts à être découpés. Ils détournent le regard mais trop tard, ils s'étonnent même de ne pas être là, allongés à la place de l'animal : cela pourrait être moi sur le billot, ses pattes sont mes jambes.

Il ne faut pas voir la carcasse, il ne faut pas entrer dans l'arrière-boutique sinon vous êtes foutus.

Le boucher qui pleure, ça faisait longtemps. La fatigue peut-être. Des larmes excessivement salées et rondes naissent au coin des paupières, roulent, tombent sur la viande comme de minuscules bombes qui éclatent au contact de la chair. Pim pleure sur un rumsteak. La chair rouge fonce légèrement, se couvre de petites taches, il pleut sur la viande, Pim sanglote, empoigne le morceau de bœuf, le porte à sa bouche et lèche le goût du sang et du sel, pose maintenant la chair sur ses yeux gonflés et brûlants, le muscle froid le soulage et tarit ces larmes inutiles.

À nouveau des idées folles lui traversent la boîte crânienne, le cerveau échauffé par la bidoche, il se glisserait bien nu dans une bête encore tiède, se mettre dans la peau d'un autre, vis ma vie, se blottir contre ses entrailles puis refermer l'animal avec une grosse aiguille et du fil de pêche, pour conserver la chaleur à l'intérieur, pour l'échange thermique, sa combinaison de survie, Pim en bivouac dans une carcasse, à l'abri.

Pim est la bête, il change de règne, bascule à la faveur d'une connexion de chaleur aux intensités ajustées. Ce n'est pas qu'il meugle et broute, ce n'est pas que des mamelles lui poussent, c'est que Pim habite à l'intérieur d'un animal, ils s'indifférencient et se mêlent, mieux que Pinocchio dans le ventre de la baleine, et c'est un fait le boucher passe plus de temps avec les bêtes froides qu'avec les hommes chauds. La viande l'a fait sorcier qui danse sur les entrecôtes comme on danse sur les braises et au-dessus du volcan, en épileptique pris de ravissement et de convulsions.

Il s'enferme dans la resserre, se faufile au milieu des pièces de viande qui dorment tête en bas, splendeur des couleurs, il progresse entre les carcasses qui se balancent tels des pendus, demi-bœufs, des cuisses gigantesques, une forêt de stalactites de chair accrochée à des tringles en acier. Le froid mortifie la viande et saisit Pim. Au sol les caillettes trempent dans des seaux, sur les étagères des foies somnolent à l'ombre d'épaisses côtes de bœuf.

Pim prend la pose, prêt à décrocher un uppercut, à terrasser la viande, jambes fléchies, bras à la détente, il frappe les carcasses à mains nues, cogne comme un sourd, son poing s'enfonçant à peine dans la densité immobile, ripant contre les côtes à vif, contre les irrégularités et les dépressions de la chair nerveuse, lourde comme dix sacs de frappe, il rugit, ivre de rage et de transe, sautillant autour de l'adversaire il cherche des points d'appui mais n'entame pas la viande, elle lui résiste, sa peau rougit, s'enflamme, se griffe. Il frappe encore, le souffle court, ses mains saignent, hémorragie des deux côtés du ring, Pim ne sent pas la douleur, ses doigts anesthésiés par le froid, il attrape une escalope qu'il applique sur la plaie pour calmer le feu et favoriser la cicatrisation, parce que la viande prélevée sur la bête est encore pleine de vie et que la vie se transmet.

Par exemple un foie de veau glissé dans le slip d'Eddy Merckx en avril 1973 sur Paris-Roubaix. Le contact dur et agressif de la selle écorche la peau des fesses qui se couvrent d'escarres, de bleus et de crevasses. Eddy, toujours stoïque, ne moufte pas, il pédale sans répit, mais son visage blême et creusé par la douleur, ses cernes noircis de peine trahissent la blessure. On trouve un boucher dans le premier village traversé, on tambourine au rideau de fer, on achète deux beaux foies, un pour chaque fesse, on déculotte le coureur au ravitaillement, le soigneur fixe la viande avec du sparadrap, on reculotte et en selle, Eddy reprend la route. Cul apaisé par la chair crue, contact moelleux et frais de la viande, une seconde peau, une seconde chair, les tissus se régénèrent et Eddy reprend espoir, reprend vie, pédale vers la victoire.

La viande est pleine de vie et la vie se transmet.

Pim, exsangue mais soulagé, décroche un arrière de bœuf qu'il serre contre son cœur comme un ami retrouvé encore vivant sur le champ de bataille une fois que la poudre des canons s'est dissipée. Ils dansent, la carcasse et lui, et cette ronde est une éclipse. Pim va chercher la radio à piles, la branche sur une station classique et danse de plus belle. Le poste joue l'ouverture de *La Flûte enchantée*, ils tournent lentement sur eux-mêmes, la viande et lui. Le morceau de bœuf sur son épaule, c'est maintenant un camarade blessé qu'il faut porter jusqu'à l'infirmerie. La viande est un trophée, une offrande, une prise de guerre, la chair compacte pèse lourd entre ses bras, elle sera bientôt débitée en une multitude de morceaux mais dans cette chambre froide elle est encore monumentale et sublime.

Pim est cerné par la viande, englouti, il se laisse glisser sur le carrelage et s'endort quelques instants, un sommeil dense et noir, la joue posée contre un cul de bœuf : il rêve et dans ce rêve marche vers le rouge, une mer et un désert, dans un ciel écarlate et sur une plaine en feu. Devant ses yeux tout est monochrome et aveuglant, le bas et le haut sans distinction, aplat infini de rouge et sa silhouette qui s'y coule. La couleur a tout envahi, il marche, flotte dans le rouge, une trouée magnifique, des sauts de l'ange en apesanteur, toutes les autres couleurs ont disparu et celle-là est si intense, si brillante qu'elle enivre et électrise.

Le froid piquant et la peur de mourir là, d'une hypothermie aussi foudroyante que stupide, réveillent Pim. Il ouvre les yeux, regard qui roule, souffle affolé, peau à saturation, corps des bêtes retournés comme un gant.

Les bêtes sont chanceuses, elles ont droit à une vie intérieure et Pim irait bien voir lui aussi au fond de son corps, il pourrait s'écorcher, s'éplucher tranquillement pour accéder au mystère, le mystère de Pim — et que nous diraient ses entrailles ? L'haruspice viendrait y lire ses pensées troubles et ses désirs à vif. Pourquoi se contenter d'être une surface étanche, Pim as-tu du cœur ? du ventre ? des tripes ? Au scanner, à l'IRM, les images sont floues, opaques, les images sont noir et blanc.

C'est décidé, Pim donnera son corps à la science pour être enfin dépecé et mis au jour. Il va prendre sa carte de donneur d'organes, signer une décharge, désigner une personne de confiance, tout léguer à la médecine. Oui, Pim, ivre de couleur et perdu, a pris sa décision, le don de soi car ceci est mon corps.

Les bouchers nous sont supérieurs parce qu'ils n'ont pas peur du sang, ils ne sont pas terrorisés par la chair dissimulée que nous refusons d'envisager.

Essayons un instant, fermons les yeux, faisons l'effort, concentrons-nous, imaginons, nous ne sommes plus qu'un tas de chair, une masse informe et sanguinolente derrière le bel ordonnancement de la peau, des traits, du visage, faisons la tragique découverte du fond des choses, de la face cachée, de la vérité donc, définitive et implacable, pile plutôt que face. Quand je souris, quand je pleure, c'est comment à l'intérieur, de l'autre côté de ma bouche, des yeux et des pommettes ? est-ce que ma chair se gondole comme la terre qui tremble soulevée par la tectonique des plaques ?

Dans la chambre froide il n'y a plus âme qui vive, il y a Pim qui se rêve aussi informe que ses pièces de bœuf et qui n'a pas peur, il y a nous qui savons que si nos chairs sont nues, nous souffrirons, nous sangloterons, nous implorerons maman et le samu, parce que nous voulons bien être en viande mais nous ne voulons pas que ça se sache.

Pim veut tout savoir de la viande, celle des bêtes comme la nôtre, et commande sur internet toutes sortes d'ouvrages qu'il lit à la faveur de ses insomnies : thèses de doctorat sur l'évolution des abattoirs, livres de cuisine carnée, polars mettant en scène des bouchers assassins, récits de chasse au bison, études anthropologiques sur la cuisson des chairs, encyclopédie illustrée de l'élevage bovin, sociologie de la boucherie charolaise, histoire des guerres de Religion — les Parisiens affamés se nourrissaient alors de pain façonné à partir d'ossements humains (on les exhumait des catacombes puis on les moulait grossièrement pour en faire de la farine).

Il y a aussi le journal de bord d'un Nenet, éleveur de rennes sur la péninsule de Iamal. Tous les quinze jours, les Nenets abattent un renne puis se nourrissent de sa chair crue, assis en rond autour de l'animal, à même la toundra sibérienne, drue comme un paillasson givré. Les enfants boivent le sang fumant dans des gobelets émaillés et rongent les résidus de viande accrochés à la mâchoire de la bête, les parents découpent les peaux pour en faire des manteaux, des chaussons et des abris. Pim rejoindrait bien ces quarante mille nomades dispersés entre la mer Blanche et le fleuve Ienisseï, Pim arpenterait bien cette terre inamicale et repoussée jusqu'au cercle arctique, où l'on vend sa viande au marché pour 5 roubles le kilo, où la chair rose des rennes n'a pas besoin de frigos pour être conservée, le vent sibérien la congelant parfaitement, le vent qui hurle à ras de terre et soulève la neige en tourbillons polaires. Pim s'enroulerait bien dans une peau de renne aux couleurs de la steppe.

Pim lit comme il découpe la viande, avec application et acharnement. Pim est un homme simple et sage qui se dissout tout entier dans ses activités, au plus près de ses tâches, épluchage de la viande et lecture — Pim s'identifie.

Cette nuit il lit un épais volume sur l'histoire du cannibalisme et se rêve en indien Tupinamba, chef de tribu amazonienne aux cheveux longs et brillants comme du diamant noir. Pim est un enfant voyageur et halluciné qui se noie dans ses lectures.

Il est ce guerrier Tupinamba qui vit nu et libre sur la côte brésilienne, à l'embouchure du fleuve Amazone, plumes turquoise dans les cheveux, peintures en arabesque sur la poitrine. La vie est douce et régulière, on cultive le manioc et la patate douce aux heures fraîches de l'aurore, on sculpte des canots pour la pêche, on façonne des bols en terre cuite, on tisse de splendides parures.

Mais les colons blancs finissent par débarquer, cruels,

arrogants et meurtriers, et les Tupinamba n'auront pas d'autre choix que de les dévorer : être en guerre c'est consommer le corps de son ennemi, le consommer c'est le respecter. Après l'avoir tué on ne le laisse pas pourrir, on ne le livre pas aux bêtes sauvages qui le dépèceraient sans égards et sans rituel, on le mange et c'est une vengeance, en mémoire des offenses. Pim est ce grand prédateur, le jaguar Tupinamba qui mange le corps de son ennemi quand d'autres mangent le corps du Christ. Son adversaire est une viande de gibier qu'il cuisine grossièrement, elle cuit des heures et devient dure, carbonisée. Alors il danse autour du feu purificateur qui lave les affronts, il éloigne les âmes hostiles, l'homme blanc a disparu, dévoré, l'homme blanc qui lui sera reconnaissant de ne pas l'avoir laissé à terre pour être englouti par les vers.

Pim est un jaguar, divin et magique, il mange également ses défunts tant aimés, il assimile leurs vertus et leur souvenir affectueux, il ne laisse pas disparaître ces corps si précieux, il fait son deuil. Le corps du Tupinamba est leur sépulture, la mémoire du lien qui les unissait, leur souvenir entretenu, leur chair est dans sa chair après avoir mijoté doucement, elle est tendre et épicée. Les restes du mort sont cuisinés avec du maïs grillé, les os sont finement pilés et la poudre mélangée à une purée de banane. La tribu est réunie autour d'un feu, ils chantent, prient, méditent, et ils mangent, le festin des morts.

Les plus jeunes se soumettent avec dégoût à ce devoir sacré que leur imposent leurs parents, ils vomissent parfois un morceau trop momifié ou au contraire trop frais et les anciens les regardent avec sévérité. Puis la répugnance fait place au bonheur du devoir accompli, à la joie de célébrer dignement les défunts. Ils apprennent à déglutir leurs frères, leurs amis, et ce n'est pas une mince affaire, même assaisonnés.

Tout ce que nous avalons doit nous rendre meilleurs, doit nous rendre plus forts. Tout ce que nous avalons nous constitue et nous transforme, nous sommes tous les morts assimilés, nous sommes mélangés, il y a du monde à l'intérieur. Vivant j'aimais ton visage mon père, tu étais ce visage que je regardais, à qui je parlais. Mort, j'aime ta chair mon père, tu es cette chair que je dévore et absorbe, c'est cela maintenant qui est entre nous.

Pim finit par s'endormir sur ces merveilleuses visions cannibales, il quitte maintenant l'Amazonie pour rejoindre la Nouvelle-Guinée, il vit aux côtés des Papous qui font cuire le cochon sauvage dans des fours de terre.

La forêt est dense et d'un vert sombre, une brume matinale s'étire au-dessus des cimes, l'écho des voix porte loin et Pim, pieds nus, avance difficilement sur l'étroit chemin qui mène au village. Aujourd'hui c'est la fête du cochon, on se prépare pour ce festin rare et précieux, les familles ont rassemblé et mis en commun tout ce qu'elles possédaient, la récolte du jardin et les bêtes.

Chaque famille possède un cochon autant qu'elle l'accueille : l'animal, choyé, élevé et nourri, est membre de la communauté, mais le jour vient où il faut s'en débarrasser. En grandissant les cochons sauvages deviennent obèses et menaçants, il faut alors les abattre et souvent ce sont des larmes quand sonne l'heure de les manger. On les étreint une dernière fois, on les caresse longuement, on les épouille avec tendresse.

Un homme tire une flèche qui vient se planter dans les flancs de la bête, elle grouine à la mort, pisse le sang et se débat en vain, accrochée par la patte arrière à un pieu. Pim se détourne, mais on l'invective, on le force à regarder, à regarder le cochon dans les yeux, les yeux siège de l'âme, l'âme qui s'étiolera bientôt, quand la bête aura définitivement fermé les paupières. Formant un cercle autour de l'animal qui agonise, ils guettent le mouvement des yeux, l'évaporation de l'âme.

Puis on découpe l'animal et la communauté se partage les morceaux, chacun dévore le cochon de l'autre — on ne mange jamais son cochon ! —, on s'échange un délicieux paquet pulmonaire contre des côtes grasses, on mange hâtivement, intensément mais sans excès. La viande a été cuite dans une feuille de bananier qui lui donne un étrange goût citronné et sucré, Pim le sent sur ses lèvres comme un onguent. On mange, on chante et danse, la tête lui tourne, le froid de la nuit s'abat d'un coup, la carcasse de l'animal dépecé commence à bleuir dans l'obscurité, Pim sombre, bercé par les rires, les voix des Papous qui se saluent au loin, intonations bientôt imperceptibles.

Pim a consacré sa vie à la boucherie et on vient désormais de loin pour lui acheter de la viande. Mais le succès n'altère en rien sa modestie, n'entame pas sa concentration, ne modifie pas son tempérament, l'existence glisse sur lui sans laisser de traces, aucune ombre, la vie s'écoule sans heurts, sans accident ni événements notables, existence à la fois intensément plate, mer d'huile sans reflets, et furieuse. La viande est tout, toute sa vie, même s'il y a parfois des filles, comme des trouées temporelles et sensorielles, des filles qui se jettent sur sa douceur comme un gaucho affamé sur une entrecôte de bison. Elles se jettent sur son corps sec, ses mains démesurées et tranquilles qui les caressent pendant des heures infinies c'en est indécent. Elles sont clientes régulières, vétérinaire à Rungis ou femme divorcée rencontrée sur internet. Il ne leur parle jamais de viande, il ne veut pas ennuyer, il les écoute raconter leurs journées, il les embrasse, cuisine chez elles des carrés de veau et du jarret, puis ils couchent ensemble en silence. Il se refuse à en choisir une et à renoncer à toutes les autres, il ne veut pas s'établir avec une seule, une qui par exemple aimerait le faux-filet mais pas la palette, le poulet de Bresse mais pas la joue de bœuf. Une seule cela restreindrait les plaisirs et les possibilités. Mais la vérité est que si Pim voulait épouser l'une d'elles il prendrait le risque d'être quitté parce que les femmes quittent toujours les bouchers, les bouchers sont divorcés ou célibataires. Trop de travail d'un côté, trop de solitude de l'autre, elles perdent patience, se font la malle, usées par l'ingratitude de leur statut. Pim n'aurait su en garder aucune. La douceur de ces soirées chez l'une puis chez l'autre, au four ou en cocotte, est une douceur partagée et consentie, cela suffit, elles n'exigent rien, elles n'attendent pas davantage que ce qui leur est donné, ce sont les filles d'aujourd'hui, sans folie des grandeurs et qui aiment manger.

Elles s'accommodent de l'étrangeté amoureuse de Pim qui semble prendre davantage de plaisir à cuisiner un lapin à la moutarde — cuisiner pour elles cependant — qu'à coucher. Et qui ne peut pas envisager le moindre commerce sexuel avant d'avoir grillé une entrecôte ou rôti une pintade.

Il y en a bien qui ont essayé d'inverser le cours de la soirée, lui sautant dessus dès son arrivé, lui arrachant des mains le joli paquet de papier vichy entouré d'un ruban de satin assorti, puis le tirant jusqu'au lit avec autorité, le déshabillant frénétiquement sans interrompre l'engageant baiser — gymnastique périlleuse — et bondissant enfin sur le boucher.

Mais là plus rien, boucher qui débande.

Puis qui retrouve tout son allant devant une bavette aux échalotes, qui retrouve son amour des chairs.

Un soir Pim console une femme qui éclate soudain en sanglots à la vue de l'énième rôti offert comme un trophée par le boucher de ces dames. Une femme, une amante qui ne peut plus voir la viande en peinture, une femme que la viande accable, à qui la viande finit par coller des complexes, la viande qui n'est que l'étalement orgueilleux d'une chair en grande santé, une explosion de vie et si elle s'altère on la jette aux chiens errants. *Et moi je me sens vieille, je me sens devenir immangeable.*

Voilà la cruauté, l'injustice, voilà l'inégalité des chairs, voilà comment on pense à la mort. On ne tombe pas impunément amoureuse d'un boucher qui vous met sous le nez de belles viandes arrogantes.

Elle vieillit, au début c'est imperceptible, chaque jour de minuscules éboulements internes, d'infimes séismes qui secouent à peine le corps de l'intérieur, un léger frémissement de la peau, une ride, une membrane qui se relâche, et un jour une vision claire du délabrement qui commence, l'inquiétude puis l'angoisse qui calcifie la bonne humeur et le désir. Elle guette désormais les altérations manifestes de son corps, le petit ventre qui enfle puis retombe, se flétrit, la silhouette qui ploie, elle ne se voit plus si appétissante dans le miroir alors que Pim la dévorerait bien, lui qui se sent fort comme un steak, alors que Pim voudrait la rassurer, *tu es belle tu es vigoureuse et délicieuse*, mais la femme n'est pas dupe de la gentillesse de Pim, de la sincérité des amants, la femme sait ce qu'aimer veut dire, ça veut dire attendrir la réalité. *Toute façon la viande faut la faire rassir pour qu'elle soit bonne* — ça la fait rire au milieu des larmes.

Pim affine encore son art pour devenir le meilleur boucher du monde. Les journées sont longues, hypnotiques et harassantes, et les quelques heures qu'il consacre au repos dans son studio au-dessus de la boutique sont peuplées de visions bouchères. Il ne pense qu'à ça et la totalité de son espace mental s'est convertie à cette obsession.

Qu'est-ce que je pourrais faire de plus pour la viande, pour la grandeur de la boucherie ? Cherchant le sommeil, allongé sur un matelas individuel posé à même le sol, Pim égrène les hypothèses folles comme d'autres les moutons.

Idée n° 1 : se faire transfuser du sang de bœuf pur, se faire greffer un foie de porc. Pim est prêt à tenter le coup. Il a regardé sur internet si une clinique californienne le proposait, si on cherchait des volontaires.

Sur internet il a trouvé bien pire : un homme qui offre son corps pour un banquet. Tuez-moi, découpez-moi, cuisinez-moi et mangez ma chair en trinquant à ma santé (*je serai délicieux avec un châteauneuf-du-pape 98*).

Et pourquoi pas se faire greffer de beaux naseaux

brillants comme de la laque ? Ou se faire amputer des pieds pour les remplacer par des sabots de porc qui se glisseront miraculeusement dans une paire de souliers en poulain.

Idée n° 2 : monter un spectacle de veaux vaches cochons poulets. Des porcs en équilibre sur un fil, des charolaises acrobates, des pintades domptées, un agneau avec un nez rouge et un veau qui crache du feu. Pim en Monsieur Loyal, costume pied-de-poule et tablier blanc, méchoui à l'entracte.

Idée n° 3 : se faire engager par un cirque itinérant. Pim serait le boucher jongleur, jongleur de couteaux, ou avaleur de couperets. Tout y passerait, couteaux à fileter, découper, élaguer, désosser, dénerver, façonner, éplucher et, clou du spectacle, une feuille de boucher qui terminerait sa course fichée dans une côte de bœuf tenue en équilibre sur le crâne d'une jeune créature ficelée à un panneau de bois.

Idée n° 4 : rouvrir des abattoirs en ville, revenir au temps des bêtes et des hommes ensemble, la main dans la patte, quand chaque boucher disposait d'une tuerie attenante à son étal, quand le sang ruisselait dans les rues pavées et boueuses, caillait sous les pas des piétons, quand les égouts étaient rudimentaires, que les déchets s'entassaient aux portes des échoppes, que les odeurs de chair en décomposition oxydaient délicieusement l'air (et partant maudire Napoléon qui en 1810 décide d'assainir la ville et de créer cinq abattoirs à l'extérieur de Paris). Reprendre la hache en campagne, porter le coup fatal à l'ombre des grands chênes, en bordure des ruisseaux, et regarder le sang contaminer l'eau communale.

C'est que Pim voudrait entrer dans l'histoire de la boucherie, y inscrire son nom, et pour cela il faut frapper un grand coup, il faut faire honneur, aller au bout de ses possibilités, achever sa mission, sa tâche sublime. Or Pim a parfois le goût amer de l'inachèvement. *Il y a encore quelque chose à faire pour la viande, quelque chose de plus grand.*

Il y a la ferveur de l'engagement, l'espoir d'un aboutissement — rallier le point ultime, un point fin comme une tête d'épingle, lumineux comme un astre.

Il y pense maintenant chaque nuit à s'en faire péter les veines temporales et un matin enfin il sait. On cherche, on échafaude, puis au terme d'une lente macération, nos intentions jaillissent, claires et indubitables.

Pim a un plan.

III

Pim va libérer la boucherie, mener l'ultime bataille, affronter la viande.

Pim va porter l'art de la boucherie à son achèvement, il sait comment, il sait ce qui lui manquait, c'est l'heure du bouquet final, c'est l'heure du coup d'éclat et de la vérité révélée.

Pim se souvient de son stage chez l'éleveur du pays de Caux, se souvient de la vache Culotte, des bêtes robustes dans l'étable. Il n'y est jamais retourné, n'a pas pris de nouvelles.

Il se souvient de la petite route qui mène de la gare de Bréauté-Beuzeville à l'exploitation.

Pim monte dans sa fourgonnette vers vingt-deux heures, prend l'autoroute A 13 à la porte de Saint-Cloud, roule, passe le pont de Tancarville, roule, Saint-Eustache-la-Forêt, Beuzeville-la-Grenier, roule, arrive à destination peu après minuit et se gare en contrebas de la route. Il reconnaît les lieux, rien ne semble avoir changé, l'étable est toujours là, l'éleveur sans doute mort et Culotte débitée en steaks depuis longtemps.

Pim escalade la barrière, se glisse comme un chat dans l'obscurité, aucune fenêtre allumée, nulle présence de chien qui aboie, les dindes dorment à poings fermés, silence mat, à peine troublé par la brise dans les feuilles, Pim ne craint rien, ne songe même pas que l'éleveur pourrait surgir carabine au poing, alerté par des mouvements inhabituels, tout est endormi.

Il marche courbé et furtif jusqu'à l'étable, la porte grince à peine, il s'y glisse et dans le noir parcourt l'espace comme en plein jour, son corps ayant gardé en mémoire l'exacte disposition des lieux et la scénographie de ses occupantes. Sur son passage, quelques vaches tapent le sol de leurs sabots nerveux. Il avance d'un pas sûr vers la place anciennement occupée par Culotte, au fond de la stabulation. Une vache est là qui dort affalée, respiration bruyante, il s'accroupit avec précaution et lui parle à l'oreille, sa bouche effleure le large pavillon soyeux : *je te dois beaucoup la vache et ce soir j'ai décidé de te libérer.* Il se redresse et harangue maintenant d'une voix forte la foule indifférente : *je vais toutes vous libérer. Mais attention, on ne part pas ensemble, ce sera chacun de son côté, chacun pour soi, et la chasse est ouverte !*

La vache — peut-être la fille de Culotte, Culotte II ou Culotte junior —, toujours immobile, a ouvert un œil, regard somnolent fixé vers le sol. Pim s'allonge dans la paille à ses côtés. Lové contre le flanc de la bête, il attend, égraine le temps qui reste, extrait de sa poche une flasque d'eau-de-vie, un armagnac qui rabote les muqueuses. Il le débouchonne, l'approche des naseaux de la bête comme un flacon de sels sous le nez de la dame aux camélias, le mufle de la vache frissonne à peine, Pim boit une rasade au goulot, fait claquer sa langue, s'ébroue, sent le liquide au goût de barrique descendre en chute libre dans ses intestins comme une boule de feu. Il entreprend de vider la bouteille par petites gorgées toxiques, toujours couché contre la vache, masse aux courbes accueillantes. La chaleur de la bête et la chaleur de l'alcool se mêlent et s'augmentent dans le corps de Pim qui sombre dans une torpeur ivre et violente. L'alcool a été bu jusqu'à la lie, le ventre lui brûle, la bouche est sèche et âcre, ses yeux sont injectés de suc jaune, il a la rage.

Quand la grosse horloge murale de l'étable indique quatre heures, Pim se redresse d'un bond, un éclair de douleur le saisit aux tempes, il court à l'autre bout de l'étable, ouvre les portes puis réveille les vaches les unes après les autres, les pousse vers la sortie à coups de claques sur l'arrière-train. Elles résistent, perturbées par ces manœuvres inhabituelles. Du côté de la ferme rien ne bouge. Il les mène de force le long de l'allée jusqu'à la route. Elles se disposent miraculeusement en file indienne et avancent maintenant guidées par la voix du boucher, il ouvre le portail, les fait sortir et les laisse là, agglutinées au beau milieu de la route, interloquées.

Une masse immobile de vaches qui ne comprennent pas qu'elles sont libres, qu'on leur ordonne d'être libres, de retrouver l'état de nature et la sauvagerie. Une foule compacte de bêtes sous les étoiles qui cherchent en vain du bout du museau une herbe à brouter sur le goudron, qui attendent que la main de l'éleveur se pose sur leurs pis. Mais ni broutage ni traite, juste un long ruban qui se perd à l'horizon, noir et dur sous leurs sabots, et le vide sidéral de la nuit. Les vaches ne bougent pas, collées les unes aux autres, sans repères, elles attendent, elles attendent des instructions raisonnables, elles attendent que l'habitude reprenne la main, mais Pim maintenant s'égosille et donne des coups de bâton à l'aveugle : *barrez-vous les vaches, vous êtes libres, allez, partez, partez !* Il s'époumone, gesticule de longues minutes avant qu'une première vache sorte de sa sidération et se mette en mouvement. S'extrayant de la masse elle prend lentement la direction du village. Pim la regarde s'éloigner, elle marche sur le côté droit de la route à allure régulière, sans se retourner, et bientôt disparaît dans un virage, on aperçoit une dernière fois son gros cul bombé qui ondule maladroitement. L'imitant, une seconde vache se met en marche puis soudain galope comme sous l'effet d'une décharge électrique, à la poursuite de la première, espérant peut-être la rattraper dans le virage. Petit à petit, sous les encouragements ininterrompus de Pim, les bêtes se mettent en branle les unes derrière les autres. Elles occupent maintenant le centre de la route, le long de la ligne blanche, et se dirigent vers le village, direction improbable indiquée par la première d'entre elles, la plus courageuse ou la plus inconsciente. Une centaine de vaches disparaissent à l'horizon dans une longue procession, leur marche est lourde et mal assurée, mais aucune ne se retourne ni ne ralentit.

Il les regarde s'éloigner sans émotion. À cette heure matinale la route est déserte, aucune voiture ne vient troubler leur exil, leur débâcle, leur fuite, leur voyage, comment dire. Mais que deviennent des vaches libres, des bêtes créées pour la domestication ? Relâchées en pleine Normandie, livrées à elles-mêmes, elles ne survivront certainement pas, elles ne s'adapteront pas à la férocité des lois de la nature. Les vaches ne sont pas faites pour ça, elles n'ont pas appris à trouver de la nourriture seules, à lécher leurs blessures pour cicatriser, à soigner leurs mammites — trayons rougis et enflés, à vêler sans l'assistance du vétérinaire, son bras expert et ganté allant chercher loin la patte du veau mal positionné, elles n'ont pas appris à se défendre contre les belettes sauvages, les loups affamés, les poules tueuses, les renards fourbes, les chiens errants et Pim le boucher. Elles se feront dévorer par le premier animal des champs, à moins qu'elles ne se dévorent entre elles. Et les vautours rappliqueront depuis le grand canyon pour venir les dépecer au cœur du bocage, attirés par cette nouvelle opportunité carnassière. Désormais, par la grâce de Pim, la Normandie est une jungle, une savane, une forêt sauvage et impitoyable, sans foi ni loi si ce n'est celle du plus fort. Pim déclare l'état de nature, abroge l'élevage, hommes et bêtes paumés au milieu d'étendues naturelles. Pim est maintenant le premier homme, cerné par les herbages, les arbres et les taillis, cerné par les animaux qui sont des milliards.

Pim veut retrouver le temps simple du face-à-face, quand l'homme connaissait bien la bête qu'il s'apprêtait à manger. Il la connaissait puisqu'il l'avait chassée, dépecée, cuisinée et parfois avait eu le temps de l'observer, de l'admirer pendant des heures, la guettant avant de la harponner. Il arriva même que les regards de l'homme et de l'animal se croisent au moment de tirer la flèche fatale. C'est bien à ce temps primitif que Pim aspire aujourd'hui.

Il est le boucher descendu de l'arche de Noé, le boucher d'après le déluge, celui qui débarque sur la terre ferme avec son cortège d'animaux sauvés, il est le boucher originel, celui qui chasse le bouc.

Dieu dit à Noé : *de tout ce qui vit, de tout ce qui est chair, tu feras entrer dans l'arche deux de chaque espèce pour les garder en vie avec toi ; qu'il y ait un mâle et une femelle. De chaque espèce d'oiseaux, de chaque espèce de bestiaux, de chaque espèce de toutes les bestioles du sol, un couple viendra avec toi pour que tu les gardes en vie.*

Puis ce fut le déluge, la fin des pluies, et Noé attendit que la terre sèche pour sortir de l'arche, suivi de sa femme, de ses enfants et de Pim entré par effraction et caché dans la soute.

Alors Dieu dit à Noé : *tout ce qui se meut et possède la vie vous servira de nourriture, je vous donne tout cela au même titre que la verdure des plantes.*

Ainsi l'humanité devint carnivore et Pim fut le premier

boucher, car il en fallait bien un désormais. Il fut le premier à tuer une bête et il en fallut du courage pour attraper l'animal, l'immobiliser, l'égorger et l'écorcher, pour être le premier à tuer la bête qui courait en plein soleil, qui se prélassait dans l'herbe haute de l'après-déluge, qui bêlait au ciel et humait l'air saturé de pluie. Pim veut être le premier carnivore. Il n'y aura pas de retour possible. Pim, ton geste sera un geste pour l'histoire, manger des animaux.

Voilà ce que Pim espère aujourd'hui sur cette route de campagne alors que les vaches se dispersent dans la nature, que l'étable est désertée. Voilà son plan : lâcher les vaches puis les chasser. En toréador ou en cow-boy. Le bocage est une arène, le duel équitable. Le bocage est une vaste plaine de l'Ouest américain, écrasée de soleil et de poussière, Pim se met en selle et part à la chasse à la normande comme à la chasse au bison, chevauchant dans les canyons arides de l'Utah, lasso serré dans la main gauche, rênes enroulées à la main droite, fusil dans le dos, Pim se prend pour Buffalo Bill et son stetson est noir de sueur et de crasse.

Pim veut la vache sauvage au bout de son fusil, l'abattre d'une seule balle logée derrière l'oreille, puis dépecer la bête, l'écorcher, découper et arracher la peau qui sera pliée et fourrée dans la vieille sacoche de cuir fixée à la selle. Puis trancher la tête, trophée, et la rapporter en équilibre sur l'encolure de son cheval. Pim sera le boucher-chasseur. Plus d'élevages, plus d'abattoirs mais chaque boucher muni de son fusil, qui vend l'animal tué de ses mains à un client qui se verra raconter, en prime, le récit de la battue :

le soleil déclinait, on commençait à n'y voir goutte, je guettais depuis des heures une belle charolaise à la robe flamboyante et cuivrée dans les derniers rayons du soleil, et là ça a bougé derrière un taillis, j'ai tiré, coup de bol je l'ai eue du premier coup, et voilà une belle bavette de flanchet, qu'est-ce que je vous mets avec ça ?

Pim imagine son étal en ville, billot en plein air où il découperait devant ses clients l'animal fraîchement abattu, exhalant des parfums de lichen et de musc.

Pim veut restaurer une boucherie à la régulière, le combat d'un homme et d'une vache, d'un homme et d'un porc, à mains nues dans la boue s'il le faut. Pim affrontera l'éventualité d'être blessé ou même dévoré par un cochon, afin de réintégrer le grand échange du vivant. Être mangé par une vache plutôt que par des vers six pieds sous terre. Être un indien Sioux qui laissait les cadavres exposés et offerts aux animaux sauvages, habiter un nouveau monde dans lequel les anciens troupeaux parqués par les hommes sont désormais libres c'est-à-dire gibier comme les autres, un porc vaut un puma, une vache vaut une biche. Un monde dans lequel il n'y a plus de prés pour que paissent les bêtes, plus de barbelés, d'enclos, de champs, mais une terre à perte de vue, une végétation épaisse et hostile qu'il faut fendre à coups de machette ou de tronçonneuse. La Normandie est belle et épique, envahie de ronces, couverte de forêts de chênes et de pommiers, l'herbe est haute, la terre molle et imbibée.

Autant dire que Pim veut faire la révolution bouchère, le

grand bond en arrière, il veut retrouver le goût de la viande et la raison des animaux.

Toujours planté au milieu de la route silencieuse, Pim hallucine des étendues vierges et des corridas sauvages, le jour est levé maintenant, les vaches ont disparu hors champ, fugueuses forcées. Un frisson le saisit, c'est la rosée du matin qui refroidit l'air et l'arrache à ses divagations. Le froid et aussi un souffle chaud sur sa nuque, une masse sombre et immobile dans son dos, familière. Il y a quelqu'un. C'est Culotte junior. Parfaitement immobile et comme soudée à la route par les quatre sabots. Elle est la dernière, elle n'a pas obéi aux ordres du boucher. Pim se retourne sur la bête qui le fixe, solennelle. Ses prunelles acérées se détachent dans l'aube opaque, ses longs cils ombrent son regard, soudain ils battent frénétiquement comme sous l'effet d'un tic nerveux, la vache cligne des yeux en rafale, on dirait que quelque chose l'irrite ou l'aveugle. La bête est de marbre mais une immense agitation s'est emparée de son regard, de ses paupières aux mouvements incontrôlables — des signaux en morse ?

Va-t'en, qu'est-ce que tu fais là ? Va rejoindre tes camarades, va et on se retrouvera, je ferai de toi la plus belle des viandes, je te mettrai en vitrine sur une feuille d'or, va-t'en putain !

La vache est une statue de sel, et son regard saccadé et inquiétant une balise de détresse, une pulsion stroboscopique.

Arrête de cligner des yeux, tu me rends fou !

Sous le feu ininterrompu du regard de la bête il perd l'équilibre, l'intérieur de son crâne se couvre d'un voile nauséeux, son pouls bat trop fort dans les tempes, son cœur cogne comme un caisson de basse et déchirera bientôt sa cage thoracique, Pim hurle de colère : *tu es lâche la vache, tu refuses le combat, tu te dérobes, tu préfères l'esclavage* — vache injuste qui refuse la liberté, et Pim qui rêve de l'œil opaque de la bête au bout de son canon. *Puisque tu ne veux rien entendre*. Pim va chercher dans la fourgonnette sa carabine semi-automatique Browning — achetée 1700 euros en ligne —, et tire un premier coup en l'air : la vache sursaute et vacille sur ses pattes avant, il met la bête en joue en poussant un cri de guerre qui résonne dans le vide du bocage, ça y est elle bouge, elle s'enfuit, la chasse est ouverte.

La bête affolée vient s'accrocher dans les barbelés, Pim la dégage et lui ouvre la barrière du pré, elle galope vers l'horizon, fuit à travers champs comme une gazelle empotée.

Pim lui laisse trente secondes d'avance puis, suivant la même trajectoire, se lance à sa poursuite. Ses longues jambes le portent avec facilité, il court presque sans effort, machinalement, souffle en réserve, foulée longue et régulière, Pim se sent léger et véloce, le paysage défile en travelling avant, la terre souple amortit sa course, au loin il l'aperçoit, d'abord un point immobile, il se rapproche et le point s'épaissit et prend forme, elle est là qui broute sereinement à l'ombre d'un bosquet, elle lui fait face l'inconsciente, elle ne l'a même pas vu, trop occupée à engloutir les prés.

Le boucher plonge et se couche sur la terre grasse, il se fond dans le sol, plat comme un champ de betteraves, canon tendu à bout de bras, corps figé et bandé comme un arc, pupille dilatée qui fait le point, doigt sur la détente, il met la vache en joue, bloque sa respiration et tire, une seule balle, une déflagration sourde, *one shot*, qui entre au milieu du poitrail, traverse à l'horizontale le corps de la bête sans rencontrer aucune résistance ni être arrêtée par aucun organe, glisse dans la viande comme un bobsleigh lancé sur la glace à la vitesse du son, et ressort à l'autre bout de la vache, juste au-dessus de la queue, après une trajectoire parfaitement rectiligne, une percée fantastique — si on collait son œil à l'orifice, là où est entré le projectile, on verrait alors dans la vache comme à travers une longue-vue.

Elle se raidit puis s'écroule de tout son poids sur le flanc droit, pattes molles. Pim attend quelques secondes, rampe doucement jusqu'à la bête qui ne respire plus, éteinte.

Le boucher s'agenouille, retrousse les manches de son blouson, empoigne la tête de la vache par une corne, sans hésitation dégaine son couteau d'un fourreau de cuir porté à la ceinture, égorge la bête d'un geste sûr, d'un seul mouvement. Pim a la grâce, le sang jaillit. Il se redresse et maintenant va dépecer l'animal.

Il n'a pas emporté sa mallette à couteaux, trop encombrante, et devra mener la totalité des opérations avec une seule lame, un couteau à dépecer au manche en palissandre. Son long tranchant permet de désosser alors que son cran recourbé à l'avant facilite la découpe de la peau.

Pim détache la tête en passant la lame tout autour du cou — souvenir d'abattoir —, la peau épaisse et élastique résiste, la lame bute contre le cartilage, il insiste, force, mains douloureuses, muscles en feu, chemise trempée, en vient à bout puis, deux heures durant alors que le soleil se lève, écorche et détache la peau de l'animal. Le cuir se sépare de la chair avec facilité, Pim roule l'immense peau comme un tapis, une tenture ensanglantée. La chaleur dégagée par les entrailles de la bête le protège du froid humide de l'aurore normande. Une fois la vache épluchée de la pointe de son couteau, il l'ouvre enfin, entaille profonde et rectiligne d'un seul mouvement, et plonge dans ses entrailles pour les extraire, ses longs bras engloutis, ses mains fébriles qui farfouillent, un bain tiède et doux. Il palpe à l'aveugle les intestins, le cœur, la panse — Pim couvert de sang, barbouillé comme un enfant, sang et sueur mêlés en un liquide gras et l'herbe qui rougit tout autour formant un halo tragique. Il envoie valser au loin les viscères, puis coupe les mamelles, scie difficilement les pattes, sectionne la queue et alors que le soleil est bien haut, bien jaune, entame la découpe.

Le boucher détache chaque morceau avec méthode, selon les règles anatomiques, suivant précisément la courbe des viandes, le trajet des nerfs et des ligaments. Hampe, jumeau, macreuse, mouvant, paleron, chaque élément est extrait puis déposé hors de la bête, à terre, selon leur géographie originelle, chaque morceau à sa place. Pim, méticuleux, reconstitue la vache et ses différentes parties, assemble le puzzle de ses organes à l'air libre, une vache écorchée, ouverte et mise à plat, qui passe entre les mains du boucher de la 3D à la 2D, la viande vue du ciel, une carte de la bête, une planche d'anatomie en chair, tout est là, rien ne manque, tableau parfait, exécution irréprochable, dissection intégrale. Une carcasse dépecée et à ses côtés une vache reconstituée, une vache de sang, toutes les pièces du boucher.

Pim vient de faire sa première bête. Il bascule en arrière bras en croix, s'affale de tout son long sur la terre fraîche, exulte, regard luisant. La campagne est déserte et mutique, l'air irisé, la terre humide a absorbé et dilué le sang de la bête, l'espace alentour semble immense et plat, une scène profonde, lumineuse.

Pim, éreinté et glorieux, sent maintenant ses muscles se détendre, l'adrénaline se dissiper et ralentir sa course folle dans les veines, ses mains se refroidir et le sang sécher sur ses doigts alors que s'épanche en lui un amour carnivore, une gratitude insensée pour les bêtes qu'il aime et mange, qu'il aime et tue. Soleil aveuglant, paupières closes, des ombres dansent et clignotent, sa tête pèse, s'enfonce légèrement, il rêve au premier boucher, celui qu'il aurait voulu être, au premier sacrificateur armé de la première lame, à la première bête domestiquée, au premier enclos, au premier feu sous la chair écarlate, au premier repas, il rêve à leur destin commun, aux vies mêlées des vaches et des hommes, il rêve à la viande, la viande inventée par l'humanité au lendemain du déluge.

Je remercie vivement Patrice David, boucher à Vanves.

Ainsi que les auteurs dont les ouvrages m'ont inspirée et accompagnée pendant l'écriture de ce livre : Stéphane Breton, Jean-Luc Daub, Vinciane Despret, Élisabeth de Fontenay, Marcela Iacub, Dominique Lestel, Jocelyne Porcher, Jean Réal, Alina Reyes, Jonathan Safran Foer, Isabelle Sorente.

Achevé d'imprimer
sur Roto-Page
par l'Imprimerie Floch
à Mayenne, le 7 juin 2012.
Dépôt légal : juin 2012.
Numéro d'imprimeur : 82298.

ISBN 978-2-07-013748-0/Imprimé en France.

241460